Sabina Altermatt

Jagdgeflüster

PIPER

Zu diesem Buch

Noch nicht lange lebt Rea mit ihrer Tochter in dem Graubündner Bergdorf, als sie bei Forstarbeiten die Leiche des Gemeindepräsidenten im Wald findet. Wie eine Jagdbeute aufgeschlitzt, hängt der leblose Körper zwischen zwei Bäumen. Am nächsten Tag wird Reas Forstwart Mario verhaftet. Die tödliche Kugel soll aus seinem Gewehr stammen. Doch Rea kann nicht glauben, dass der eigenbrötlerische Mann, der ihrer Tochter vor kurzem das Leben gerettet hat, einen Mord begangen haben soll, und nimmt sich vor, Marios Unschuld zu beweisen. Von der Frau des Gemeindepräsidenten erfährt Rea von Drohbriefen, die der Ermordete erhielt, nachdem er den Abschuss eines Braunbären genehmigt hatte. Liegt hier der Grund für die Verstümmelung der Leiche? Als Rea die Briefe sieht, erkennt sie die Handschrift …

Sabina Altermatt, geboren 1966, ist in den Schweizer Alpen geboren und aufgewachsen. Sie studierte Staatswissenschaften an der Hochschule St. Gallen. Heute unterrichtet sie Strafgefangene und lebt als freie Schriftstellerin in Zürich und im Glarnerland. Sie schreibt Kolumnen, Kurzgeschichten, Hörspiele, Kinder- und Jugendbücher sowie Romane. Für ihr literarisches Schaffen erhielt sie zahlreiche Auszeichnungen und Stipendien.

Sabina Altermatt

JAGDGEFLÜSTER

Kriminalroman

PIPER
München Berlin Zürich

Mehr über unsere Autoren und Bücher:
www.piper.de

Von Sabina Altermatt liegen im Piper Verlag vor:
Alpenrauschen
Bergwasser
Jagdgeflüster

MIX
Papier aus verantwortungsvollen Quellen
FSC® C083411
FSC
www.fsc.org

Originalausgabe
1. Auflage September 2015
2. Auflage November 2015

Umschlaggestaltung: semper smile, München
Umschlagmotiv: Molodec und mart/beide Shutterstock
Satz: Kösel Media GmbH, Krugzell
Gesetzt aus der Adobe Caslon
Druck und Bindung: CPI books GmbH, Leck
Printed in Germany ISBN 978-3-492-30701-7

Für M13

Prolog

Im Wald war es still. Das Licht arbeitete allmählich die Konturen aus der Landschaft. Was vorher flach wie ein Gemälde erschien, wurde greifbar. Tiefe tat sich auf. Die Bäume standen nicht mehr aufgereiht, sondern zueinander im Raum. Die Stämme wurden rund. Das eintönige Grau löste sich in Grün- und Brauntöne auf.

Ein schriller Pfiff durchbrach die Stille. Ein Vogel flog auf. Luft rauschte, die durch seine Flügel zog.

Der Boden war mit Lärchennadeln vom Vorjahr bedeckt. Tautropfen klebten an den Grasbüscheln und reflektierten das erste Licht. Eine Ameise versuchte, einen Käfer, der dreimal so groß war wie sie, über einen Ast zu transportieren. Es roch nach Harz und Moos.

Hinter dem Berg drückte ein heller Schein hervor. Bald würde die Sonne die Landschaft in Herbstlicht tauchen, die Lärchen orange leuchten.

Alles war wie jeden Morgen. Nur eines störte. Da hing etwas kopfüber an einem Baum. Etwas, das hier nicht hingehörte. Jetzt war auch ein leises Klopfen zu hören. Tock, tock, tock. Tropfen fielen auf den moosbedeckten Boden. Und färbten ihn rot.

1

»Mama, haben braune Bären auch weiße Flügel?«

»Wie bitte?« Rea zog die Küchenschublade auf, schob Stifte, Schere und ein Schnurknäuel umher, hob eine Beige Notizblöcke auf, obwohl sie wusste, dass er hier nicht war. Den Tisch im Wohnzimmer, der von Zeitungen und Kinderbüchern bedeckt war, hatte sie bereits zweimal abgesucht. Nichts.

Rea schaute auf die Uhr. Halb sieben. Sie durfte nicht wieder zu spät kommen.

»Ob braune Bären auch weiße Flügel bekommen?«, fragte Luisa etwas lauter.

Rea schob die Schublade zu und drehte sich um. »Wieso sollten Bären Flügel bekommen?«

»M13 wurde doch erschossen.« Luisa stocherte mit dem Löffel in ihrem Müsli herum.

»Und was hat das mit Flügeln zu tun?« Rea lief in den Flur. Irgendwo musste dieser blöde Schlüssel doch sein.

»Werden denn Bären keine Engel?«, rief ihr Luisa hinterher.

Rea durchsuchte die Taschen ihrer Faserpelzjacke. Nichts außer ein paar Tannennadeln. Hatte sie den Schlüssel etwa im Auto gelassen?

Es war spät geworden gestern Abend. Die Forstwarte hatten die gefällten Stämme gerüstet, bis es dunkel wurde und man nichts mehr sah. Sie mussten unbedingt fertig werden. Denn heute begann die Jagd, und da wollte Rea nicht in den Wald gehen.

»Mama!«

»Was!« Rea schaute in den Taschen ihrer orangen Warnweste nach. Doch die hatte sie gestern gar nicht getragen.

»Die Bären. Werden sie keine Engel?«

»Keine Ahnung, das hab ich mir noch nie überlegt.«

»Dann kommt M13 gar nicht in den Himmel?«

Rea hörte ein Schluchzen. Sie ging in die Küche zurück. »Was hast du, Luisa?«

Ihre Tochter saß weinend am Tisch. Rea suchte in ihrer Hosentasche nach einem Nastuch. Doch stattdessen ertastete sie den Schlüsselbund. Sie schüttelte den Kopf, schob die Schlüssel wieder zurück, riss ein Haushaltspapier von der Rolle, die auf der Küchenkombination stand, kniete sich vor Luisa nieder und trocknete ihr die Tränen.

»Und wo ist M13 jetzt?«, schluchzte Luisa.

Rea blickte auf die Uhr. »Der ist bestimmt im Bärenhimmel.«

»Doch im Himmel? Und die Flügel?«

»Ich weiß nicht, ob Bären Flügel bekommen.« Rea strich Luisa über den Kopf und küsste sie aufs Haar.

»Aber es kommen doch nur Engel in den Himmel. Und die haben Flügel.« Luisa breitete ihre Arme aus und schwang sie auf und ab, als ob sie gleich abheben wollte.

»Dann hat er bestimmt auch Flügel bekommen«. Rea schaute wieder auf die Uhr. »Wir müssen los. Sonst kommen wir zu spät.«

»Aber sind sie jetzt braun oder weiß?«

»Wer?«

»Die Flügel!«

»Iss jetzt dein Frühstück, wir sind spät dran.« Rea schaufelte das restliche Müsli auf den Löffel und hielt ihn Luisa hin. Die schaute sie mit zugekniffenem Mund an.

»Ich denke, die sind immer weiß«, sagte Rea.

Sie fühlte sich jedes Mal wie eine Rabenmutter, wenn sie Luisa bei Leta absetzte. Dabei gab es keinen Grund, sich Schuldgefühle einzureden. Schließlich war Leta für die Kleine wie eine zweite Mutter. Und für Rea war Leta zur Freundin geworden.

Als sie vor einem Jahr aus Chur hierhergezogen war, hatte sie niemanden gekannt. Und das war auch eine ganze Weile so geblieben. Offenbar wollten die Zuorter nichts mit ihr zu tun haben, einer Frau, die mit einem kleinen Kind und ohne Mann in ein Bergdorf zog. Und dann noch als Försterin arbeitete. Vor allem die Frauen sahen sie schräg an. Bis Rea jemanden für Luisa suchte. Da der Kindergarten erst um acht anfing, sie jedoch bereits um sieben Uhr im Werkhof sein musste, brauchte sie jemanden, der Luisa in den Kindergarten brachte und an den freien Nachmittagen hütete. Rea hatte im Dorfladen einen kleinen Aushang gemacht. Da wurden auf einmal alle nett. Offenbar unterstützte man eine hilfsbedürftige Frau gerne.

Rea entschied sich für Leta, die hier aufgewachsen war und im Haus ihrer Großtante etwas abseits oberhalb des Dorfes wohnte. Sie war Fotografin und froh um den zusätzlichen Verdienst.

Wenn die Zeit reichte, trank sie bei Leta meistens noch einen Kaffee. Aber heute war sie so spät dran, dass sie sich von Luisa unter der Haustür hatte verabschieden müssen. Dabei hätte sie sich nicht so zu beeilen brauchen. Heute war ihr Bürotag. Am ersten Tag der dreiwöchigen Jagd war sie immer im Werkhof und hielt sich vom Wald fern. Da spielte es keine Rolle, ob sie nun eine Stunde früher oder später anfing. Meistens hatte sie an diesen Tagen keine Termine, sondern musste nur Bürokram erledigen. Doch sie konnte es sich nicht mehr erlauben, zu spät zu kommen.

Rea mochte diese Tage im Büro nicht. Sie hatte das Gefühl, dass ihr der Stuhl am Hintern anwuchs. Am Abend war sie meistens seltsam erschöpft, eine stumpfe Müdigkeit. Ganz anders nach einem Tag im Wald und an der frischen Luft. Da war es eine angenehme Schwere, eine tiefe und entspannte Müdigkeit, die sie gut schlafen ließ und erholt aufwachen.

Sie parkte den roten Subaru vor dem Werkhof. Das Gebäude war ganz aus Holz. Vorne hatte es drei große Tore für die Feuerwehrautos. Im ersten Stock brannte Licht. Ihr Chef musste bereits im Büro sein.

Rea betrat den Windfang und nahm die Treppe in den ersten Stock.

Reto Grond war im Telefon. »Das ist nicht gut!« Er blickte Rea an. »Da kommt sie gerade.« Er schaute auf seine Armbanduhr, zog die Augenbrauen in die Höhe. »Ich schicke sie gleich hin. Danke für den Anruf. *A revair!*« Er hängte auf.

»Ist etwas passiert?«, fragte Rea.

»Du musst unbedingt ins Val Fluors. Da liegt eine Tanne quer auf dem Wanderweg.«

»Kann das nicht einer der Forstwarte …?«

»Denen hast du doch heute freigegeben. Wegen des ersten Jagdtages.«

Genau, das hatte sie getan, um nicht in den Wald gehen zu müssen. »Und wo liegt diese Tanne?«

»Etwa hundert Meter von Florineths Jagdhütte entfernt.« Grond notierte etwas auf einen Zettel.

»Wie groß ist der Baum? Kann das nicht warten?«

»Nein, das kann es nicht. Der Chef vom Hotel Bellaval hat angerufen. Seine Gäste haben sich beschwert.«

Und für die Touristen machen wir alles. Rea ging ins Materiallager, holte eine Motorsäge und prüfte, ob der Tank voll war.

Eigentlich freute sie sich darauf, wieder einmal selber Hand anzulegen. Sonst war es ihr Job, die Arbeiter zu überwachen. Einen Baum in Stücke zu sägen, das hatte etwas. Wenn sich eine frisch geschärfte Sägekette geschmeidig durch das Holz fraß, wie durch Butter. Dann der Geruch von frisch geschnittenem Holz.

Doch am ersten Jagdtag in den Wald zu gehen, an dem die Jäger nervös auf alles zielten, was sich bewegte, das war ihr nicht geheuer. Wenigstens musste sie sich nicht mehr vor M13 in Acht nehmen, der sich seit dem Frühling im Val Fluors herumgetrieben hatte. Der Jagdinspektor hatte ihn Ende Sommer abschießen lassen. Rea war davor nur noch singend durch den Wald gegangen in der Hoffnung, dass keiner der Forstwarte sie hörte. Der Abschuss hatte große Wellen geworfen. Insbesondere die Unterländer waren entsetzt gewesen. Sie konnten nicht verstehen, wieso es in den Bergen nicht genug Platz für einen Bären hatte. Und wieso sich die Bergbevölkerung über seine Existenz so aufregte.

Das Val Fluors ging auf der Höhe von Zuort vom Val Chava Richtung Nordosten ab. Der Subaru holperte über die Straße, die nach ein paar Hundert Metern nicht mehr geteert war. Bei Resgia verengte sich das Tal, um sich nachher wieder zu öffnen. Die Berghänge schwangen sich lieblich in die Höhe, grüne Wiesen gingen in Tannenwälder über. Darüber thronte felsig der Piz Staila. Wie meistens war er auch heute mit ein paar Wolken umhüllt, was ihm etwas Majestätisches und Geheimnisvolles verlieh.

Ein paar Kühe standen mitten auf dem Feldweg. Rea verlangsamte, ohne dabei anzuhalten. Langsam trottete das Vieh zur Seite. Rea überquerte die Brücke, die über die Clozza führte.

Beim Plaun da Chavas parkierte sie den Subaru. Den Rest der Strecke musste sie zu Fuß gehen. Von hier führte der Wanderweg in weiten Kehren hinauf zum Piz Staila. Doch sie wollte nicht den Umweg über die Alp Suot machen. Das würde sie eine zusätzliche halbe Stunde kosten. Sie würde eine Abkürzung nehmen. Rea öffnete die Hecktür des Kombis und griff nach der

Motorsäge. Erst jetzt merkte sie, dass sie ihre normale Arbeitshose trug und vergessen hatte, die Schnittschutzhose mitzunehmen.

Was war nur los mit ihr? Die letzten paar Wochen war sie so unkonzentriert, verlegte alles, war immer am Suchen. Einmal war es der Schlüssel, den sie partout nicht finden konnte, dann das Handy. Das letzte Mal war es vor einem Jahr so gewesen. Aber das hatte damals auch seinen Grund gehabt. Martin. Dabei hatte alles so gut angefangen …

»Ist hier noch frei?«

Das Café liegt an einem Platz, der früher stark befahren war. Heute ist er verkehrsberuhigt. Töpfe und Pflanzkisten grenzen den Sitzbereich ab. Die Blumenstauden leuchten in sattem Grün. Die Akeleien zeigen bereits ihre filigranen Blüten. Es ist einer der ersten warmen Frühlingstage. Der Mann mit der Sonnenbrille und dem weißen T-Shirt schaut auf und nickt. Dann vertieft er sich wieder in seine Zeitung.

Rea setzt sich und bestellt einen Milchkaffee. Sie nimmt den *Zürcher Wald* aus ihrer Tasche und blättert darin herum. Dann legt sie die Zeitschrift auf den Tisch und sieht sich um. Sie ist das erste Mal hier. Fast alles junge Leute um die dreißig wie sie. Viele Mütter mit Kinderwagen. Mittendrin ein großer Baum mit bunten Fähnchen. Sie beobachtet eine Frau, die mit ihrer Freundin diskutiert und dabei das Baby wiegt, das sie vor den Bauch geschnallt hat.

»Das nenne ich Multitasking.« Der Mann, der ihr gegenübersitzt, muss sie beobachtet haben.

»Ich bewundere Mütter, die alles so nebenbei machen«, sagt Rea und schaut den Mann an. Er hat seine Sonnenbrille abgenommen. Ein jungenhaftes Gesicht und hellbraune Rehaugen. Die kurzen Haare stehen an der Stirn etwas vor.

»Hast du Kinder?«, fragt er und zieht eine Zigarette aus dem Pack, das vor ihm auf dem Tisch liegt.

»Nein.«

»Und wieso nicht?«

Rea denkt nach. »Vielleicht, weil ich noch nicht den richtigen Vater für mein Kind gefunden habe?«

»Das ist ein gutes Argument.« Er steckt die Zigarette in den Mund und zündet sie an. Dann schaut er Rea lange an.

Sie hält es fast nicht mehr aus, da kommt die Kellnerin und bringt den Kaffee. Der Schaum ist mit einem Pflanzenornament verziert.

»Das machen sie hier sehr liebevoll«, sagt der Mann, als die Kellnerin wieder gegangen ist. Dann schaut er Rea wieder an mit seinen braunen Augen. »Du wärst eine gute Mutter.«

Rea lacht. Ein hohes Lachen. Zu hoch, um nicht verlegen zu klingen. Der Mann bringt sie in Verlegenheit. Rea fragt sich, wieso. Sie kann es sich nicht erklären.

Sie trinkt ihren Kaffee in großen Schlucken. Schielt nach der Bedienung, um zahlen zu können.

»Du interessierst dich für den Wald?« Er fährt die Zigarette drehend am Rand des Aschenbechers entlang, um die Asche abzustreifen.

»Ich bin Försterin.«

»Försterin?«

»Genau. Wie ein Förster. Nur einfach als Frau.« Sie sieht ihn an, wie er sich nun vorstellt, wie sie einen Baum fällt. »Wir haben heute Motorsägen, und die können durchaus auch Frauen bedienen.«

»Aber nein, das wollte ich doch gar nicht sagen. Ich traue den Frauen viel zu.«

»Da bin ich aber beruhigt.« Rea lacht. Diesmal klingt es echt. »Und was machst du so?«

»Nichts Besonderes. Ich arbeite auf einer Bank. Darf ich dich trotzdem zu einem Drink einladen?« Er schaut auf die leere Kaffeetasse.

»Wieso trotzdem? Weil du auf einer Bank arbeitest?«

»Weil du offenbar eine emanzipierte Frau bist.« Er drückt die Zigarette aus.

»Emanzipiert ist vielleicht das falsche Wort. Sagen wir mal eigenständig. Und wieso sollte sich eine eigenständige Frau nicht einladen lassen?«

»Was darf ich dir bestellen?«

»Gerne ein Glas Weißwein.«

»Ich bin übrigens Martin.«

»Rea«, sagt Rea und blickt in seine Rehaugen. Diesmal hält *er* ihrem Blick nicht stand. Martin scheint nicht so forsch zu sein, wie er sich gibt. Vielleicht will er damit nur seine Unsicherheit überspielen. Irgendetwas ist seltsam an ihm und gleichzeitig faszinierend …

Eigentlich hätte sie es damals schon merken können. Sie schob den Gedanken an Martin beiseite. Bestimmt hatte ihre momentane Verwirrtheit damit zu tun, dass sie sich selber vergaß, weil sie so damit beschäftigt war, für Luisa einen einigermaßen normalen Alltag zu gestalten.

Immerhin hatte sie eine Ersatzwarnweste im Auto. Sie zog sie an und stieg durch den Wald den Berg hoch. Sie staunte immer wieder, wie es möglich war, dass an so steilen Hängen Bäume wuchsen, die kaum Halt im steinigen Boden fanden. Wo nahmen sie den Mut her?

Sie ging durch einen Jungwuchs und blieb stehen. Hier müsste man ein paar Bäume fällen. Die jungen Pflänzchen brauchten Morgensonne, sonst würde daraus nichts. Sie nahm das kleine Schreibheft aus der Tasche ihres Faserpelzes und machte eine kurze Notiz.

Da ertönte ein Schuss, dann noch einer. Zerschnitt die Stille. Hallte wider. Ein paar Vögel flatterten auf.

Wahrscheinlich hatte ein Jäger seine Beute verfehlt und musste zum Nachschuss ansetzen. Oder der zweite Schuss war bloß das Echo des ersten gewesen.

Dann war es wieder ruhig. Nur das Rauschen des Windes in den Bäumen war zu hören. Sie stieg den Berghang hoch, die Säge wurde immer schwerer.

Endlich sah sie Florineths Jagdhütte zwischen den Bäumen. Ein einfaches Blockhaus. Ein paar Meter weiter oben musste der Wanderweg sein. Sie ging am Haus vorüber, dessen Holz von der Witterung ganz grau geworden war.

Seltsam, die Tür stand offen.

Rea warf einen Blick ins Innere. In der Hütte des Gemeindepräsidenten war niemand. Auf dem Holztisch standen ein benutzter Teller und ein halb ausgetrunkenes Glas Rotwein. Offenbar genehmigte sich Florineth schon zum Frühstück einen Zweier, um sich Mut für die Jagd anzutrinken. Obwohl die Türe offen stand, war es ziemlich stickig. In einer Ecke lag ein zerknüllter Schlafsack auf einem alten Eisenbett. Es sah aus, als ob Florineth hier übernachtet hätte.

Sie schloss die Tür und stieg zum Wanderweg hoch, schaute dabei nach links und nach rechts. Sie hatte keine Ahnung, in welcher Richtung dieser Baum auf dem Weg lag.

Rea versuchte es zuerst nach rechts. Als sie nach fünfhundert Metern abwärts keinen Baum liegen sah, drehte sie um und nahm den Weg zurück.

Sie kam nochmals an der Jagdhütte vorbei. Und erstarrte. Die Tür stand wieder offen. Der Wind musste sie aufgestoßen haben. Sie blickte nach oben ins Geäst. Die Blätter der riesigen Eiche bewegten sich nicht. Auch war alles still. Es ging gar kein Wind. Oder war Florineth zurückgekehrt? Sie stellte die Motorsäge am Wegrand ab, schaute in die Hütte, die immer noch leer war, ging um sie herum. Nichts außer einem offenen Kerichtsack, der hinter dem Haus stand. Ein Tier musste darin gewühlt haben. Der ganze Inhalt lag auf dem Waldboden verteilt. Sie nahm den Weg aufwärts in die andere Richtung. Ein weiterer Schuss ertönte. Diesmal ganz nahe.

Um sich zu beruhigen strich Rea mit beiden Händen über die orange Warnjacke, die sie über dem Faselpelzpullover trug. In diesem Moment fiel ihr ein, dass sie die

Motorsäge bei der Hütte hatte stehen lassen. Sie ging zurück und hob sie auf.

Gerade als sie sich umdrehen wollte, sah sie etwas aufblitzen. Oben auf einer kleinen Anhöhe zwischen den Bäumen. Ein weißes T-Shirt vielleicht. Ein Wanderer abseits des Weges.

Sie versuchte den Gedanken an Martin zu verdrängen. Aber es gelang ihr nicht …

Der Friedhof liegt mitten in der Stadt. Alte Baumbestände säumen die Wege, die labyrinthartig durch die Anlage führen. Sie sind schon fast eine Stunde unterwegs. Haben Grabinschriften gelesen und die Stiefmütterchen angeschaut, die in allen möglichen Farbkombinationen die Gräber zieren und sie seltsam anzustarren scheinen. An einer Ecke stehen blecherne Kannen, die auf ihren Einsatz warten. In großen Körben aus Maschendraht liegen verblühte Blumen und ausgebrannte Grabkerzen.

Die Vergänglichkeit machte auch vor einem Friedhof nicht halt.

Bei der Magnolie bleiben sie stehen. Wie blassrosa Schmetterlinge sitzen die Blüten auf den Ästen.

Martin nimmt ihre Hand. »Weißt du noch, als wir uns in diesem Café kennengelernt haben? Wie wir über Kinder gesprochen haben? Dass du noch nicht den richtigen Vater gefunden hast?«

»Ja, daran kann ich mich gut erinnern. Damals wusste ich noch nicht, dass du immer weiße T-Shirts trägst.« Sie fährt ihm über die Brust. »Und wie wir ziemlich betrunken nach Hause geschwankt sind. Natürlich jeder in seine eigene Wohnung. Wie sich das gehört. Und als du mich am nächsten Tag angerufen hast, habe ich gerade einen Wildschutzzaun repariert und dann …«

»Hast du ihn jetzt gefunden?«

»Wen?«

»Den richtigen Mann.«

»Du möchtest ein Kind?«

Sie stellt sich selbst schwanger vor mit riesigem Bauch. Und dann das Kind. Die kleinen Hände mit den noch kleineren Fingern, die ihren Zeigefinger umklammerten.

Doch da ist noch etwas anderes. Ein anderes Gefühl. Sie weiß nicht recht, was es ist. Vielleicht Angst. Angst vor dem Neuen. Angst, keine gute Mutter zu sein.

Martin drückt ihre Hand fester. »Stimmt etwas nicht? Habe ich eine falsche Frage …?«

»Nein, alles in Ordnung. Ich möchte auch ein Kind. Von dir.« Ihre Worte tönen seltsam hohl.

Sie kommen an ein paar Gräbern vorbei, die mit bunten Fähnchen, die sich im Wind drehen, mit Girlanden, Plüschtieren und anderen Spielsachen versehen sind. Das müssen die Kindergräber sein …

»Hallo?« Rea rief, doch es antwortete niemand. Sie stellte die Säge wieder ab und kraxelte auf allen vieren den Hang hoch, hielt sich an Grasbüscheln und Baumstämmen fest. Als sie fast oben war und wieder aufschaute, war der weiße Fleck verschwunden. Den letzten Meter hievte sie sich in die Höhe und strich sich die Haare aus dem verschwitzten Gesicht. Sie lehnte sich mit dem Rücken an einen Stamm. Ihr Blick fiel auf einen Baum weiter oben. Da hing etwas an einem Ast. Vielleicht ein Sack. Langsam ging sie näher heran. Ein Zweig knackte unter ihren Schuhen. Sie fuhr zusammen.

Jetzt sah sie, dass es von der Form her kein Sack sein konnte, es war länglich – oben festgebunden und unten hing etwas herab. Da musste jemand ein Tier zum Ausbluten aufgehängt haben. Sie stieg weiter den Hang hoch. Aber das waren keine Hufe, die da mit Seilen an zwei Bäumen festgebunden waren. Es waren Füße.

Rea ging näher heran. Da hing ein Körper. Er war vom Brustbein bis zum Penis aufgeschnitten. Der Bauchraum eigenartig eingefallen. Jemand musste die Innereien entfernt haben. Der Kopf hing nach unten. Sie ging in die Knie, um das Gesicht besser sehen zu können. Der Körper drehte sich langsam zur Seite, sodass sie nur noch den Hinterkopf sah. Vorsichtig kroch sie um ihn herum. Vor lauter verkrustetem Blut war kaum etwas erkennbar. Doch nach einer Weile hatte sie Gewissheit. Es war Florineth, der Gemeindepräsident, der da aufgeknüpft und kopfüber an einem Baum hing. Ihr wurde übel.

Da fühlte sie eine Hand auf ihrer Schulter. Sie schrie auf und fuhr herum. Dabei stieß sie an den Leichnam und schrie gleich nochmals.

»Es ist also doch wahr.« Hinter ihr stand Mario Tomaschett, einer ihrer Forstwarte. Die rote Dächlikappe, die er immer trug, hatte er wohl der Jagd wegen durch eine grüne ersetzt.

»Was ist wahr?«, stammelte Rea.

»Dass man innerhalb eines Jahres tot ist, wenn man eine weiße Gämse schießt.«

»Eine weiße Gämse?«

»Weißt du nicht mehr? Der Florineth hat letztes Jahr oberhalb der Alp Valmala eine vierjährige Gämsgeiß geschossen.«

Jetzt erinnerte sich Rea wieder. Es hatte einen kleinen Aufruhr im Dorf gegeben. Die Jäger waren aufgebracht gewesen, ebenso der Wildhüter, der die Jägerschaft darum gebeten hatte, das Albinotier zu verschonen. Das sei doch keine Vorbildfunktion, hatte er gesagt. Florineth hatte damals gemeint, sie seien alle nur neidisch, denn mit Sicherheit hätte wohl jeder die Gämse geschossen, wenn er die Möglichkeit dazu gehabt hätte.

»Ich mochte ihn nicht wirklich. Aber so ein Ende habe ich ihm nun auch nicht gewünscht.« Mario schaute betroffen.

»Mein Freund war er auch nicht mit seinem Tourismusfimmel. – Was machst du überhaupt hier?«

»Na, was wohl.« Er deutete auf sein Gewehr, das über der Schulter hing. »Und du?«

»Da liegt eine Tanne auf dem Wanderweg, die sollte ich …«

»Aber das ist hier nicht der Wanderweg.«

»Ich dachte, ich hätte hier oben jemanden gesehen. – Wir müssen die Polizei informieren.« Rea wollte nach ihrem Handy greifen, doch es war nicht in der Tasche. »Ich hätte schwören können, dass ich es heute Morgen …«

»Da, nimm meines.« Er streckte ihr sein uraltes, abgewetztes Modell hin.

Bereits nach dem ersten Klingeln nahm jemand ab. Die Polizei befahl ihnen, an Ort und Stelle zu warten und nichts anzufassen.

»Und was ist mit der Tanne?«, fragte Rea Mario, nachdem sie den Anruf weggedrückt hatte.

»Die liegt schön neben dem Weg und tut niemandem etwas.«

»Neben dem Weg?«

»Ja, ich hab sie auf die Seite gezogen, als ich vorher dran vorbeigekommen bin.«

»Dann war sie also nicht groß?«

»Doch, die hatte einen schönen Durchmesser.« Er formte beide Arme zu einem Kreis, als ob er jemanden umarmen würde.

Rea staunte immer wieder, wie kräftig diese Burschen waren.

Mario ging näher zur Leiche hin und betrachtete sie von oben nach unten. »Ausgenommen wie eine Wildbeute. Wirklich kein schönes Ende.«

2

Andri Bott saß in seiner Kanzlei und blickte zum Fenster hinaus auf die verstreuten Wohntürme, die das Rheinquartier in einem undurchschaubaren Muster bevölkerten. Dahinter lag der Calanda, wo sich kürzlich ein Wolfsrudel niedergelassen hatte. Kaum war man den Bären losgeworden, waren auch schon Wölfe zur Stelle. Bott wischte mit der flachen Hand unsichtbaren Staub von der Tischplatte. Er dachte ans Val Chava und dass dort heute die Jagd losging. Wenn er ehrlich war, dann verspürte er so etwas wie Heimweh. Oder war es Sehnsucht?

Normalerweise verpasste er den ersten Jagdtag nie. Am ersten Tag der Jagd herrschte immer eine ganz besondere Stimmung – eine Mischung aus Anspannung, Vorfreude und Hoffnung auf eine gute Jagd –, und die ließ er sich für gewöhnlich nicht entgehen. Doch er hatte am Abend noch eine wichtige Sitzung, die er nicht verschieben konnte. Die Gründung einer AG sollte vollzogen werden.

Karin war mit den beiden Kindern bereits am Wochenende losgefahren. Tomi und Mia mussten erst nächste Woche wieder zur Schule, weil es im Gymnasium einen Wasserschaden gegeben hatte. Er plante, gleich morgen früh hinzureisen.

Sein Handy klingelte.

»Andri, wo bist du?!«, fragte Corina Kunfermann, die Gemeindeschreiberin von Zuort. Wie üblich begann sie ein Telefonat ohne einen Gruß.

»Hallo, Corina, ich wünsche dir auch einen guten Tag. Ich bin in meinem Büro, wieso?«

»Du musst unbedingt nach Zuort kommen. Florineth ist tot.«

»Tot? Aber w…?«

»Er wurde ermordet.«

»Das ist ja … Weiß man schon, wer's war?«

»Die Polizei hat offenbar noch keinen Verdächtigen.«

»Und was ist mit unserem Projekt? Wir müssen uns unbedingt treffen. Die ganze Gruppe.«

»Genau deshalb rufe ich dich an.«

»Ich komme morgen Vormittag.«

»Gut.« Corina hängte einfach auf.

Bott schaute wieder aus dem Fenster. Um einen der Wohntürme kreisten Vögel. Florineths Tod kam im dümmsten Augenblick.

Er kratzte sich am Bart, fuhr mit Daumen und Zeigefinger über die Oberlippe.

Oder doch nicht? Andri Bott lächelte. Eigentlich war das gar nicht so schlecht.

26

Es war acht Uhr, als Rea auf den Parkplatz vor dem Werkhof fuhr. Sie hätte es beinahe nicht geschafft. Luisa wollte partout nicht aufstehen, und als Rea sie aus dem Bett spedieren wollte, war sie glühend heiß. So konnte sie nicht in den Kindergarten gehen. Zum Glück hatte Leta heute nichts vor, und sie hatte sich bereit erklärt, Luisa bei Rea zu Hause zu hüten. Wer morgen auf Luisa aufpassen würde, wusste Rea noch nicht. Ihr Chef wäre sicher nicht begeistert, wenn sie einen Tag freinahm. Ganz zu schweigen davon, was er jetzt zu ihrer Verspätung sagen würde.

Sie blickte zu den Büros hoch. Alles war dunkel.

Im Treppenhaus traf sie Armin, den Lehrling. Er kam ihr mit einem Plastikbecher, in dem eine dunkelbraune Flüssigkeit schwappte, entgegen.

»Ist keiner da«, sagte er kurz angebunden wie immer.

»Und wo sind alle?«

Er zuckte mit den Schultern.

»Nun sag schon.«

Er grinste. »Auf dem Polizeiposten in Prasüra.«

»Wie bitte?«

Er nahm einen Schluck von der Brühe und schwieg.

»Und was machen die da?«

»Mussten alle ihre Gewehre zeigen.«

»Wieso das denn?«

»Der Gemeindepräsident.« Er hob die Hand mit ausgestrecktem Zeige- und Mittelfinger und zielte auf Rea.

Dann mussten alle Männer, die ein Jagdpatent gelöst hatten, auf dem Polizeiposten sein. Der Junge nippte wieder an seinem Becher. Er war erst siebzehn und deshalb wohl einer der wenigen Männer hier im Tal, die die

Jagdprüfung noch nicht gemacht hatten. Die meisten bekamen das Jagdpatentbüchlein noch vor dem Führerschein. Es gehörte in den Bergen zur männlichen Identität. Doch die Frauen waren am Aufholen. Es gab immer mehr Jägerinnen. Ab und zu traf Rea eine im Wald.

Sie wählte Marios Nummer auf dem Handy.

Er lachte. »So, vermisst du mich schon?«

»Ist das wahr?», fragte sie.

»Ja, es ist wahr. Wir mussten alle antraben und das Gewehr vorzeigen. Florineth ist erschossen worden, bevor er ausgenommen wurde. Ein Glück für ihn, dass es nicht umgekehrt abgelaufen ist.«

»Und wie lange geht das? Sind Flurin und Jörg auch da? Ihr solltet doch heute die Holzbrücke reparieren.«

»Ich habe mein Gewehr gerade abgegeben. Flurin kommt gleich nach mir. Jörg ist bereits durch.« Er lachte wieder.

Sie konnte sich Mario bildlich vorstellen. Für ihn war das alles nur ein Spiel. Und er war nicht das erste Mal auf dem Polizeiposten. Letzten Sommer war er mit dem Pick-up ohne Nummernschilder unterwegs gewesen, weil er nicht kontrolliert hatte, ob sein Vorgänger die Wechselnummer wieder angebracht hatte. Als ihn die Polizei anhielt, fragte er den Beamten, ob er eigentlich etwas an den Augen habe. Klar seien die Schilder dran. Er müsse nur richtig schauen. Der Beamte wies ihn an, auszusteigen und selber nachzusehen. Was Mario nach ein paar derben Flüchen, die durchaus als Beamtenbeleidigung durchgingen, dann auch tat. Die Nummernschilder hatte er nirgends entdecken können.

»Und, kann ich mein Gewehr nun wiederhaben?«, hörte Rea ihn am anderen Ende der Leitung rufen. Die Antwort verstand sie nicht. Verschiedene Personen sprachen durcheinander. Dann ein schepperndes Geräusch. Marios Handy musste zu Boden gefallen sein.

»Was? Das ist nicht euer Ernst! Ihr Volltrottel!«, vernahm sie Mario von Weitem.

»Mario, was ist los?«, rief Rea in der Hoffnung, er könne sie hören.

»Fass mich nicht an, du Schlammsack!«

»Mario?« Rea hörte nur noch das Besetztzeichen.

Bott betrat das Büro im ersten Stock des Gemeindehauses. Es war spartanisch eingerichtet. Weiße Möbel, schwarze Lederstühle. An der Wand hing ein Bild in Grautönen. Den einzigen Farbtupfer bildete ein Strauß gelber Rosen, der auf dem Schreibtisch stand. Und Corina Kunfermann. Sie trug ein farbig geblümtes Sommerkleid. Ihre blonden Haare hatte sie hochgesteckt. Ihre blauen Augen leuchteten.

»Endlich, das hat aber gedauert!« Corina Kunfermann schaute auf die Uhr.

»Ich sagte doch, dass ich erst am Nachmittag hier sein kann.«

»Vormittag hast du gesagt.«

Bott ließ sich auf einen der mit Leder bezogenen Stühle fallen und streckte die Beine von sich. »Und, gibt es Neuigkeiten?«

»Allerdings, die gibt es. Ich hatte gerade vorhin einen

Anruf. Mario ist verhaftet worden. Das Projektil seiner Waffe stimmt mit dem Projektil, das aus Florineths Leiche geborgen wurde, überein.«

»So, so der Mario.« Bott studierte die feinen Äderchen an Corinas Beinen.

»Hat mich auch etwas erstaunt. Jedenfalls ist es gut, wenn sich die Situation möglichst schnell wieder beruhigt.«

»Hatte der nicht mal was mit Madlaina?«, fragte Bott.

»Das sind unbestätigte Gerüchte. In einem Dorf wird viel geredet.«

»Da lob ich mir doch die Anonymität der Stadt.«

»Aber nicht mehr lange.«

»Wie meinst du das?«

»Wir brauchen dich hier.« Corina stand auf und kam hinter dem Tisch hervor, griff nach seiner Krawatte. »Ich dich übrigens auch.«

Ihre Lippen näherten sich seinem Mund. Als sie ihn fast berührten, hielt er sie mit einer Hand zurück.

»Und als was braucht ihr mich hier?«

Sie griff ihm zwischen die Beine. Er zog die Luft zwischen den Zähnen ein, konnte sich beinahe nicht mehr beherrschen.

»Damit unser Projekt eine Zukunft hat, brauchen wir dich als neuen Gemeindepräsidenten. Es sind alle dafür.«

»Gut, ich bin euer Mann.« Bott musste nicht lange überlegen. Schon auf der Hinfahrt hatte er beschlossen, für das Amt zu kandidieren.

»Musst du das nicht zuerst mit deiner Familie …?«

»Nein, muss ich nicht.« Bott gab den Widerstand auf und griff nach Corinas Brüsten. Corina ließ sich stöhnend auf ihn niedersinken.

Ihr Chef hatte alle ins Sitzungszimmer bestellt, was selten vorkam. Hier waren sie nur für spezielle Anlässe, wenn es etwas Wichtiges zu verkünden gab – gute als auch schlechte Nachrichten. Das letzte Mal waren sie hier gewesen, als der Werkhof restrukturiert wurde und sie Angestellte entlassen mussten. Heute würde es wohl um Mario gehen.

Rea betrachtete die Gesichter der beiden Arbeiter. Jörg, der ältere der beiden, schaute grimmig. Sein Kopf war rot, die Adern an den Schläfen dick, als ob er gleich explodieren würde. Jörg sah noch bleicher aus als sonst und starrte auf die Tischplatte.

Reto Grond trat ein und setzte sich neben Rea. »Ihr wisst sicher, weshalb wir hier sind. Mario Tomaschett wurde verhaftet und nach Chur gebracht.«

»Das wissen wir bereits«, sagte Flurin. »Der Gemeindepräsident ist angeblich mit Marios Jagdgewehr erschossen worden. So ein Schwachsinn!« Flurin schlug mit der Faust auf den Tisch. Jörg schwieg.

»Aber doch nicht Mario.« Rea schüttelte den Kopf.

»Ich kann mir auch nicht vorstellen, dass Mario etwas mit dem Mord zu tun hat«, sagte Grond. »Aber wir müssen jetzt erst mal schauen, wie wir ohne ihn zurechtkommen. Ich werde so schnell wie möglich einen Ersatz für ihn finden. Notfalls kann auch der Zivilschutz mithelfen. Aber es ist wichtig, dass wir …«

Rea hörte nicht mehr zu. Sie hatte Mario schon von Beginn weg gemocht. Sein Lachen, seine Offenheit. Er sagte immer freiheraus, was er dachte. Auch wenn ihm etwas nicht passte. Autoritäten konnte er nicht ausstehen. Trotzdem fühlte sie sich von ihm akzeptiert, schon von Anfang an. Nicht wie bei Flurin und Jörg. Ihnen musste sie immer wieder von Neuem beweisen, dass sie auch anpacken konnte, dass sie eine gute Chefin war.

Als Mario ein paar Tage krank gewesen war, hatte sie ihn vermisst. Die Arbeit im Wald machte nur noch halb so viel Spaß ohne ihn.

Einmal hatten sie und Luisa ihn im Dorf getroffen. Die Kleine hatte ihn sofort ins Herz geschlossen und fragte seitdem immer wieder nach ihm. Er konnte gut mit Kindern umgehen. Manchmal kam er ihr selber vor wie ein Kind oder zumindest ein großer Junge. Vielleicht mochte Leta ihn deshalb nicht. Weil er noch etwas Ursprüngliches, Kindliches hatte.

Am Dorffest im Sommer waren sie sich etwas nähergekommen. Er hatte zu viel Bier getrunken und wollte sie unbedingt zu ihrer Wohnung begleiten. Vor dem Haus legte er seinen Arm um ihre Schulter und versuchte sie zu küssen. Doch sie stieß ihn sanft weg und hieß ihn nach Hause zu gehen. Sie war noch nicht bereit gewesen, sich wieder auf einen Mann einzulassen. Schon gar nicht auf einen betrunkenen.

Am Montag nach dem Fest witzelte Mario wieder mit ihr, wie wenn nichts geschehen wäre.

Er war ein guter Arbeiter. War immer bereit anzupacken, war sich für nichts zu schade und half seinen Kollegen. Manchmal flippte er aus, wenn etwas nicht so lief, wie er wollte. Aber ein Mörder, das konnte sich Rea nicht vorstellen.

»Gut, dann übernimmst du das? – Rea?«

»Ja, äh, wie bitte?« Erst jetzt bemerkte Rea, dass alle sie anstarrten.

»Peider fragen, ob er Kapazitäten hat.«

»Ja, klar, mach ich.«

»Und ihr wisst auch, dass ihr noch die markierten Bäume …«

»Ja, das besprechen wir gleich anschließend«, fiel ihm Rea ins Wort. Sie ärgerte sich einmal mehr, dass er in ihren Aufgabenbereich eindrang. Schließlich hatte sie die operative Leitung. Und da gehörte auch die Führung der Forstwarte dazu.

»Dann ist ja gut.« Grond erhob sich und ging zur Tür. Die beiden Forstwarte hatte das Sitzungszimmer bereits verlassen.

»Noch etwas«, begann Rea.

Grond blieb stehen. »Ja?«

»Meine Tochter ist krank.«

»Schon wieder?«

»Wie das bei Kindern eben so ist.« Sie versuchte, möglichst freundlich zu bleiben.

»Okay, dann nimm morgen frei.« Grond verließ den Raum.

Rea blieb sitzen. Sie dachte an Mario, der unschuldig in einer Zelle saß. Sie konnte sich einfach nicht vorstellen, dass er etwas mit der Sache zu tun hatte. Doch hatte sie diesen Fehler schon einmal gemacht. Zu sehr an das Gute geglaubt …

»Wo bist du gewesen?« Martin sitzt am Tisch, vor sich ein leerer ungebrauchter Teller. Gegenüber einer für Rea. Es riecht nach Fisch. Vor einem Monat sind sie zusammengezogen.

»Das hab ich dir doch gesagt. Ich musste heute länger arbeiten.« Rea legt ihre Tasche ab.

»Ich habe beim Werkhof angerufen.« Er steht auf und tritt hinter dem Tisch hervor.

»Dann ist ja alles …«

»Nichts ist …« Er kommt auf sie zu, fasst sie an beiden Schultern. Sie macht sich los.

»Die haben gesagt, du seist schon nach Hause gefahren. Das war vor zwei Stunden.«

»Ich habe mich abgemeldet und auf dem Nachhauseweg noch ein paar Käfernester aufgenommen.«

»Das glaube ich dir nicht.«

»Aber, Martin, was ist denn mit dir?« Erst jetzt sieht sie die leere Weinflasche, die auf dem Tisch steht. »Hast du das alles alleine getrunken?«

Martin sagt nichts.

Er trottet wieder zum Tisch und setzt sich. Den Kopf stützt er auf die Hände.

Sie geht zu ihm hin und streicht ihm über das Haar. »Aber, Martin, was hast du denn? Stimmt etwas nicht?«

Jetzt hört sie, wie er schluchzt. Seit einem Jahr sind sie zusammen, und es ist das erste Mal, dass Martin weint.

Sie zieht einen Stuhl heran und setzt sich neben ihn

hin. »Was ist denn los?« Sie versucht, seine Hände vom Kopf zu lösen, damit sie ihn anschauen kann.

Doch er wehrt sie ab. »Lass mich.«

»Nun erzähl schon, was ist passiert?«

»Dieser idiotische Gartmann.«

»Dein Chef? Was hat er sich diesmal wieder geleistet?«

»Er hat mir gekündigt.«

»Was?«

»Ja, genau, ge-kün-digt.« Er zieht jede Silbe in die Länge. »Soll ich es dir buchstabieren?«

»Das tut mir leid.«

»Ja, ja.«

»Ehrlich.«

»Du fandst es doch immer seltsam mit einem von der Bank. Mit so einem Bürofuzzi.«

»Das stimmt doch gar nicht.«

»Leidest immer im Winter, wenn du im Büro sitzen musst.«

»Aber das heißt doch nicht, dass ich es generell doof finde, wenn jemand im Büro arbeitet.«

»Und das gerade jetzt. Im dümmsten Moment.«

»Du meinst, weil wir ein Kind bekommen?«

Martin nickt.

»Aber vielleicht findest du ja schon bald etwas Neues.«

»Und wenn nicht?«

»Das wird schon irgendwie gehen.«

»Deinen Optimismus möchte ich haben.« Er steht auf.

»Wo gehst du hin?

»Ich hole noch eine Flasche Wein. Möchtest du auch?«

»Hast du nicht schon genug getrunken?«, fragt Rea und …

Rea erhob sich, löschte das Licht und verließ das Sitzungszimmer. Im Gang warteten Jörg und Flurin ungeduldig auf weitere Anweisungen.

»Hat Mario schon gestanden?«, wollte Leta wissen und schenkte Rotwein in die Gläser. Luisa war bereits im Bett und schlief. Das Fieber war gegen Abend etwas gesunken.

»Wie bitte?« Rea streute Reibkäse über die Teigwaren. Es gab Hörnli mit Gehacktem.

»Dass er den Gemeindepräsidenten umgebracht hat.«

»Ich hoffe nicht. Er hat es auch nicht getan.«

»Wieso bist du dir da so sicher?« Leta stellte die Weinflasche wieder ab.

»Mario bringt doch niemanden um.« Rea hielt ihr die Schale mit dem Reibkäse hin. Sie war selber überrascht, wie überzeugt sie klang. Es war schon ein seltsamer Zufall, dass Mario in der Nähe der Leiche aufgetaucht war.

Doch Leta winkte ab. »So?«

»Ich weiß, dass du ihn nicht magst.«

Leta hatte seltsam reagiert, als Rea ihr erzählte, dass sich Mario gut mit Luisa verstand. Wie wenn sie eifersüchtig wäre, dass Luisa auch noch mit anderen Erwachsenen gut auskam.

»Du kennst ihn nicht wirklich«, gab Leta zurück.

»Was soll das jetzt heißen?«

»*Viva!*« Leta hielt ihr das Glas hin.

»*Viva!*«, erwiderte Rea.

Sie nahmen beide einen Schluck und stellten die Gläser wieder hin.

»Der hat schon so einiges in seinem Leben angestellt. Das war nicht immer sehr ruhmvoll.«

»Du meinst die Sache mit den Nummernschildern?« Rea griff nach der Salatschüssel.

»Das war doch eine Lappalie. Nein, als es darum ging, wer den Hof seines Vaters erbt, er oder sein Bruder. Da hat es ziemlich gekracht. Er hat seinen Bruder in die Güllegrube geworfen. Wäre da nicht dessen Frau gewesen, die die Polizei alarmiert hatte …« Sie stach mit der Gabel in die Hörnli.

Rea stutzte. Dass Mario so etwas einem anderen Menschen antun konnte, sogar seinem Bruder, war doch sehr erstaunlich.

»Das hast du nicht gewusst?«, fragte Leta.

»Nein. Wann war das denn?«

»Vor etwa zehn Jahren.«

»Ist schon eine Weile her.« Rea schob ein Salatblatt in den Mund.

»Macht es aber nicht ungeschehen.«

»Und was für einen Grund sollte Mario gehabt haben, den Gemeindepräsidenten umzubringen?«

»Keine Ahnung.« Leta nahm einen Schluck Wein. »Ich habe gehört, er hat diesen Sommer etwas mit Florineths Frau gehabt.«

»Diesen Sommer?« Rea dachte an das Dorffest. Wie Mario sie nach Hause gebracht hat. Wie er sie küssen wollte.

»Genau.«

»Das kann ich mir nicht vorstellen. Mario und die.«

»Sieht nicht schlecht aus, Madlaina Florineth. Mit ihren roten Haaren und den grünen Augen.« Leta wischte sich mit der Serviette die Mundwinkel ab.

»Und wieso bringt er dann den Florineth um?«

»Damit er seine Frau haben kann?«

»Wir sind doch nicht mehr im Mittelalter, wo sich die Männer um die Frauen duellieren.«

»Nein, wir sind im einundzwanzigsten Jahrhundert, wo die Männer immer noch durch den Wald rennen und auf Tiere schießen.«

Rea schwieg. Sie kratzte mit dem Zeigefinger eingetrocknete Tomatensoße von ihrer Serviette.

»Ihr habt doch nicht …?«, fragte Leta.

Rea zögerte.

»Komm, nun sag schon.«

»Und wenn es so gewesen wäre?«

»Du bist doch nicht etwa auf den reingefallen. Und dann noch als seine Chefin. Dieser Heuchler!«

Rea schaute auf die Uhr, es war bereits zehn. Sie erhob sich. »Du kannst alles stehen lassen. Ich räume nachher auf.« Sie ging zur Küchentür. »Ich schau mal nach Luisa.«

»Du bist also auf ihn hereingefallen.«

»Leta, das geht dich wirklich nichts an.« Was die sich nur dachte? Natürlich hatte sie nicht mit Mario geschlafen. Und wenn auch. Für wen hielt sich Leta eigentlich, dass sie sich hier so aufspielte?

»Okay. Ich hab verstanden.« Leta stand ebenfalls auf.

Rea drehte sich noch einmal um. »Ich habe morgen freibekommen. Du brauchst also nicht auf Luisa …«

»Wenn du meinst.«

3

»Mia, deckst du den Tisch?», fragte Karin Bott und öffnete den Backofen.

»Wieso ich? Kann das nicht Tomi machen? Oder ist das etwa Frauenarbeit?«

Andri Bott beobachtete seine Familie. Die kleinen alltäglichen Auseinandersetzungen, die Streitereien, bei denen es um nichts ging. Die manchmal nervten. Doch waren es solche Kleinigkeiten, die das Familienleben ausmachten. Die ihm das Gefühl gaben, zu Hause zu sein.

»Tomi ist heute mit dem Abwasch dran«, erwiderte Karin.

»Ich hole uns noch eine gute Flasche Wein«, sagte Bott und stieg in den Keller. Er dachte an Corina. Mit ihr war alles viel einfacher. Dort konnte er einfach gehen, wenn es ihm zu viel wurde. Doch geborgen fühlte er sich nicht bei ihr. Aber das war auch egal. Er sah ihre Beziehung als vorübergehend an. Corina war bloß Mittel zum Zweck.

»Haben wir etwas zu feiern?«, fragte ihn Karin, als sie die Flasche Fläscher Pinot Noir Barrique auf dem Tisch sah.

»Allerdings«, sagte Bott und überlegte, wie er es seiner Familie am besten beibrachte, dass er Gemeindepräsident von Zuort werden wollte. Doch es kam ihm nichts Gescheites in den Sinn. Mia würde als Einzige begeistert sein. Tomi war am liebsten in der Stadt. Aber vielleicht konnte er ihn ja von den Vorzügen des Berglebens überzeugen. Und Karin? Am besten, er machte es kurz und schmerzlos.

Karin stellte die Hirschkalblasagne auf den Tisch und schöpfte jedem ein Quadrat auf den Teller.

»Mir bitte nur die halbe Portion«, bat Mia.

»Meine kleine Schwester. Sie ist wieder am Abnehmen.« Tomi fingerte unter dem Tisch auf seinem Handy herum.

»Halt's Maul. Und kein Handy während des Essens«, gab Mia zurück.

Karin reichte die Salatschüssel herum. »Sie hat recht, Tomi.«

Er verzog das Gesicht und stopfte das Handy in den Hosensack.

»Was gibt es denn, Papa?«, fragte Mia und beigte eine große Menge Salatblätter auf ihren Teller. »Bist du befördert worden?«

Bott lachte. Seine kleine Tochter. Sie war intelligent, doch vom wirklichen Leben hatte sie keine Ahnung. Aber das kam noch früh genug.

»Wie soll er denn in einer Kanzlei befördert werden, die ihm gehört?« Tomi schüttelte den Kopf.

Mia strafte ihn mit einem bösen Blick.

»So in etwa«, sagte Bott. »Ich wurde angefragt, ob ich Gemeindepräsident werden möchte.«

»Wow!«, sagte Mia.

»Von Zuort?«, fragte Tomi.

»Hast du bereits zugesagt?«, wollte Karin wissen.

»Natürlich nicht, das muss ich erst mit euch besprechen.«

»Das ist aber wirklich nett«, sagte Karin.

»Ist es nicht etwas weit, um hierherzupendeln?« Mia nahm noch etwas Salat.

»Du checkst es einfach nicht. Wir würden hierherziehen.«

»Toll!«, sagte Mia mit vollem Mund.

»Oh Gott. Und was soll ich hier?«, fragte Tomi.

Bott blickte zu Karin, doch die stocherte in ihrer Lasagne herum.

»Ich? Hierherziehen? Nie und nimmer.« Tomi schmiss die Gabel auf den Teller und erhob sich.

»Wo gehst du hin?«, fragte Bott.

»Nach oben.«

»Setz dich wieder hin. Zuerst wird aufgegessen.«

»Keine Lust, mir ist der Appetit vergangen.«

»Thomas!« Bott hatte es geahnt. Es würde schwierig werden, Tomi zu überzeugen. Aber dass er gleich so stark reagieren würde, hätte er nicht gedacht.

Tomi polterte die Treppe hinauf.

»Keine Angst, der ist nur verliebt«, sagte Mia.

»Tomi ist verliebt?« Karin sah ihre Tochter an.

»Ja, klar. Habt ihr das nicht gewusst? – Und wer macht jetzt den Abwasch?«, fragte Mia und biss in ein Salatblatt.

Luisa schlief tief und fest. Rea strich ihr eine Haarsträhne aus dem Gesicht und legte ihr die Hand auf die Stirn. Die Temperatur war normal. Giacumin, der Teddybär, war heruntergefallen. Sie hob ihn auf und drückte ihn Luisa in den Arm.

Rea duschte lange. Sie musste an Leta denken. Ihren überstürzten Aufbruch. Sie bereute ihre starke Reaktion, dass sie ihre Freundin sozusagen hinausspediert hatte. Würde sie in Zukunft noch auf Luisa aufpassen?

Sie ging ins Schlafzimmer und setzte sich nackt aufs Bett.

Vielleicht hatte sie nun ihre Freundin verloren. Nur wegen eines blöden Streites. Wegen eines Mannes. Sie hatte das Gefühl, alles falsch zu machen.

Sie strich mit der Hand den geblümten Bettüberzug glatt. Ihre Augen wanderten zu ihrem Kopfkissen. Sie erstarrte. Da leuchtete ihr etwas Blaues entgegen. Sie stand auf und ging näher. Himmelblaue, fünfblättrige Blüten mit einem gelben Punkt in der Mitte. Auf ihrem Kopfkissen lag ein Sträußchen Alpen-Vergissmeinnicht. Sie begann zu zittern, ihr wurde heiß. Es gab nur einen, der ihr immer Blumen aufs Kopfkissen legte. Immer danach, um sich zu entschuldigen. Martin …

Sie sitzen auf dem Balkon. Es ist ein warmer Sommerabend. Martin hat Spaghetti Primavera gekocht mit Tomaten, Mozzarella und Basilikum. Unten im Hof lärmen ein paar Kinder.

»Wie war dein Tag heute?«, fragt Rea.

»Wie wohl?« Martin starrt auf seinen Teller.

»Was hast du gemacht?«

»Ich war auf dem Arbeitsamt.«

»Und?«

»Und was?«

»Konnten sie dir weiterhelfen?«

»Was denkst du?«

»Ich frage dich.« Rea dreht eine große Portion Spaghetti auf die Gabel. Dann stopft sie das Ganze in den Mund.

»Hast du Hunger?«

»Und wie. Schließlich muss ich für zwei essen.«

Er dreht den Kopf weg.

»Was ist eigentlich los mit dir?«, fragt sie.

Unten im Hof beginnt ein Kind wie am Spieß zu schreien.

»Diese Gören. Können die nicht einfach mal ruhig sein?«

»Bald bekommst du auch so eine schreiende Göre.«

Martin schweigt.

»Freust du dich denn gar nicht auf das Kind?«

Er schiebt den Teller von sich, zündet eine Zigarette an.

»Musst du jetzt rauchen? Ich bin noch am Essen, und schließlich bin ich schwanger. Das tut dem Kind …«

»Ich, ich, ich. Es geht immer nur um dich.« Er steht auf und wirft die brennende Zigarette über das Balkongeländer.

»Was hast du wieder für eine Laune? Ich kann wirklich nichts dafür, dass du …«

»Dass ich ein Versager bin? Wolltest du das sagen?« Er nimmt den Teller und wirft ihn zu Boden. Der Teller zerspringt in tausend Stücke. Der ganze Balkon ist voller Scherben. Das Kind hat aufgehört zu schreien.

Rea isst ruhig weiter. Die Spaghetti schmecken gut.

»Kannst du mal aufhören zu essen?«

»Nein, ich habe Hunger.«

Er wirft den Tisch um. Salz- und Pfefferstreuer, Gläser und Besteck fliegen zu Boden. Auch Reas Teller. Die Tomatensoße spritzt in alle Richtungen. Reas Bluse ist voll roter Spritzer.

Rea springt auf. Sie bringt sich in der Wohnung in Sicherheit, flüchtet ins Schlafzimmer. Sie legt sich aufs Bett. Etwas später schläft sie ein.

»Rea, es tut mir leid.«

Rea hat bereits geschlafen. Jetzt ist sie wach. Martin beugt sich über sie. Fährt ihr durch die Haare. Sie wendet sich ab.

»Nun komm schon, Rea.« Er zieht sie an der Schulter zurück, bis sie auf dem Rücken liegt. Sein Gesicht nähert sich dem ihren. Er will sie küssen. Sie dreht den Kopf zur Seite. Er nimmt sie am Kinn, versucht, ihren Kopf wieder zurückzudrehen.

»Hör auf, du tust mir weh«, herrscht sie ihn an.

Er lässt von ihr ab, geht aus dem Schlafzimmer. Die Türe schlägt mit einem Knall zu.

Sie erwacht mitten in der Nacht. Tastet nach seinem Kopfkissen. Schreit auf. Sie hat sich gestochen. Eine Rose liegt auf dem Kissen. Die muss Martin vom Strauß, der in der Stube steht, genommen haben …

Rea hielt die Hand vor den Mund und ging langsam rückwärts aus dem Zimmer. Da spürte sie im Rücken einen Widerstand. Jemand stand hinter ihr. Sie schrie auf. Traute sich kaum, sich umzudrehen, tat es dann trotzdem.

»Mario, was machst du denn hier!« Tränen stiegen ihr in die Augen.

»*S-chüsa*, ich wollte dich nicht erschrecken.« Er hob beide Hände in die Höhe.

Schnell griff sie nach dem Morgenmantel, der hinter der Türe hing, und schlang ihn um sich. »Haben sie dich nicht verhaftet?«

»Doch, aber sie haben gleich gemerkt, dass das ein Irrtum war.« Er schlug mit dem Schuhspitz leicht gegen die Türschwelle.

»Und wieso bist du dann hier?« Sie sah ihn an, er blickte zu Boden.

»Du bist abgehauen.«

Er sagte nichts, fuhr nur mit der Hand über seine roten Bartstoppeln.

»Komm in die Küche, möchtest du was trinken?«

Er folgte ihr in die Küche und setzte sich an den Tisch. Sie nahm zwei Dosen Bier aus dem Kühlschrank und stellte eine vor ihn hin.

Es zischte, als Mario den Verschluss nach oben zog. Er nahm einen großen Schluck und wischte sich mit dem Handrücken den Mund ab. »Jemand hat mich reingelegt. Ich habe Florineth nicht erschossen.«

»Aber er wurde mit deinem Gewehr erschossen.«

Mario nickte.

»Und wie geht so was?«

»Jemand muss es gestohlen haben.«

»Aber als ich dich im Wald getroffen habe, da hattest du es dabei.«

»Derjenige, der es geklaut hat, hat es wieder zurückgebracht. Ich versorge es immer im Schrank in die hintere rechte Ecke. Gestern morgen früh, da stand es auf der linken Seite.« Er neigte den Kopf nach hinten, trank die Dose aus und stellte sie dann scheppernd auf den Tisch.

»Riecht man das nicht, wenn jemand kürzlich mit dem Gewehr geschossen hat?«

»Vielleicht wurde es geputzt.« Mario zuckte mit den Schultern.

»Und wie ist dieser jemand in deine Wohnung gekommen?«

»Der Schlüssel liegt immer auf dem Briefkasten. Das weiß ganz Zuort.«

»Das klingt alles sehr abenteuerlich.«

»Du glaubst mir nicht.« Er ließ den Kopf hängen. »Ich dachte, du könntest mir vielleicht helfen, meine Unschuld zu beweisen.«

»Und was war mit der Frau vom Florineth?«

Mario schwieg.

»Hattest du was mit seiner Frau im Sommer?«

Mario schaute auf seine Schuhe.

»Also ja. – Und dein Bruder?«

»Was soll mit dem sein?«

»Hast du den in die Güllegrube gestoßen?«

»Das war ein Unfall. Ich hätte genauso gut da drin landen können.« Er strich sich die Haare in die Stirn. »Ich verstehe, wenn du mir nicht glaubst. Die Polizei tut es ja auch nicht.« Er stand auf.

»Nein, bleib hier, wo willst du denn hin?« Sie hielt ihn am Arm zurück.

Er schüttelte sie ab und ging aus der Küche.

Rea folgte ihm in den Gang. »Nein, warte, Mario«, flüsterte sie, um Luisa nicht zu wecken.

»Was willst du denn noch?«, zischte er zurück.

»Mit dir sprechen.«

»Ich war es nicht«, flüsterte er und ließ den Kopf hängen. »Rea, du musst mir helfen.« Seine Lippen zitterten.

Rea dachte nach. Es war doch unmöglich, jemandem unbemerkt ein Gewehr zu entwenden und es wieder zurückzubringen. Auch war es unbegreiflich, dass jemand Mario einen Mord in die Schuhe schieben wollte. Andererseits: Ein dankbares Opfer war er ja, das musste sie eingestehen. Wenn sich jemand in Zuort laufend am Rande der Legalität bewegte, dann war das Mario. Und sie konnte sich einfach nicht vorstellen, dass Mario jemanden umbrachte. Und dann noch auf diese Weise. Er hatte doch keinen Grund, den Gemeindepräsidenten aufzuschlitzen und auszunehmen. Das passte nicht zu ihm.

Leta hatte unrecht. Mario war kein Heuchler, der sie hatte ausnützen wollen. Die war doch nur eifersüchtig.

»Und wieso soll gerade ich dir helfen?«, fragte Rea nach einer Weile.

»Ich habe sonst niemanden. Jedenfalls niemanden, dem ich vertraue.«

»Okay. Ich helfe dir, aber wie soll ich das anstellen?«

»Wir müssen herausfinden, wer es wirklich war.«

»Und wie machen wir das?«, fragte Rea.

»Ich muss nachdenken. Ich melde mich bei dir.« Geräuschlos verließ Mario die Wohnung.

Luisa wieselte wie ein Hündchen vor Rea her. Sie sah hier einen Schmetterling, da eine Blume. Kurz vor der Alp Sura entdeckten sie sogar eine Kröte mitten auf der Wiese.

Rea war von Luisas Vorschlag, spazieren zu gehen, nicht begeistert gewesen. Doch Luisa ließ nicht locker, sie wollte unbedingt nachschauen, ob der Bruder von M13 schon ins Tal eingewandert war. Rea konnte ihr den Wunsch, nach draußen zu gehen, nicht abschlagen. Schließlich war Luisa krank gewesen, und frische Luft tat ihr sicher gut. Sie beschloss deshalb, eine Route zu wählen, wo es zu dieser Zeit kein Wild und demnach auch keine Jäger hatte.

Ab und zu hörten sie von weit her einen Schuss, die Jäger schienen auf der anderen Talseite ihr Glück zu versuchen.

»Spielen wir Verstecken?«, fragte Luisa, als sie wieder im Wald waren.

»Nein, heute nicht. Das machen wir, wenn die Jagd vorbei ist.« Zwar hatte sie Luisa den roten Pullover angezogen, doch sie traute den Jägern durchaus zu, auch auf etwas Rotes zu schießen.

»Dann eben Fangen!« Luisa rannte vor ihr den Weg entlang, dann bog sie nach links ab und verschwand hinter einer Tanne.

Vielleicht war ja doch einer der Jäger hier unterwegs. Das wusste man nie. Und wenn er Luisa mit einem Reh verwechselte. Der Wald kam Rea auf einmal dunkel und düster vor. »Luisa! Komm zurück!«

»Fang mich doch!« Luisas Kopf lugte hinter dem Stamm hervor.

»Luisa, das ist nicht lustig, du kommst jetzt sofort zurück!«

Luisas Kopf verschwand wieder. Dann sah Rea sie parallel zum Wanderweg weiterlaufen und hinter den Bäumen verschwinden. Rea rannte ihr hinterher. Sie konzentrierte sich auf das Rot, das zwischen dem Grün immer wieder verschwand, wieder aufblitzte. Auf einmal war es weg. Rea lief weiter in den Wald hinein und dann wieder zurück zum Weg. Sie schaute in beide Richtungen. Er war leer. Dann blickte sie wieder in den Wald. Die Bäume, die sie so gut kannte, kamen ihr fremd und abweisend vor. Sie konnte Luisa nirgends sehen. Sie blieb verschwunden.

Vielleicht war Luisa im Wald durchs Gestrüpp talwärts gegangen.

Rea rutschte den Hang hinunter, verfing sich in einer Wurzel, konnte sich im letzten Augenblick auffangen. Sie richtete sich wieder auf. Nur Grün und Braun, kein Rot. Nichts.

»Luiiisaaa!« Keine Antwort. Dafür ertönte ein Schuss. Die Jäger mussten ganz in der Nähe sein.

Das darf doch alles nicht wahr sein! Vielleicht war Luisa gar nicht hier unten.

Rea stieg den Hang wieder hinauf. Da sah sie weiter

oben etwas Weißes zwischen den Bäumen. War da jemand? Martin? Hatte er es noch nicht aufgegeben, sie zu verfolgen?

Sie rief: »Hallo!« Doch niemand antwortete. Sie rannte den Berg hinauf. Vielleicht war Luisa ja doch einfach weitergegangen, den Weg entlang.

Als sie oben in der Nähe des Weges war, musste sie kurz innehalten. Es war, als wären ihre Lungen verklebt. Sie atmete ein, bekam aber fast keine Luft. Sie hielt sich mit der einen Hand an einem Stamm fest, die andere stützte sie in ihre Taille, bückte sich vornüber. Als sie sich wieder aufrichtete, wurde ihr kurz schwarz vor den Augen. Sie ging zum Weg zurück und folgte ihm bergaufwärts.

Den ganzen Morgen waren sie hinter einem Strauch gehockt und hatten auf die Lichtung gelinst, welche von majestätischen Rottannen umgeben war. Robert hatte die ganze Zeit keinen Mucks von sich gegeben. Andri Bott hatte sogar einmal geglaubt, sein Bruder sei eingeschlafen, doch saß er einfach nur ruhig da, das Gewehr schussbereit auf einen kleinen Erdwall gelegt.

Aber der Rehbock, den Bott schon öfter hier beobachten konnte, hatte sich nicht blicken lassen. Gegen Mittag beschlossen er und Robert, durch den Wald zu streifen.

Bott ging möglichst geräuschlos dicht hinter seinem Bruder her. Da vibrierte das Handy in seiner Hosentasche.

Robert hielt an, drehte sich um und schüttelte stumm den Kopf. Handys waren zwar auf der Jagd verboten, doch Bott hielt sich nie daran. Er konnte sich nicht vorstellen, nicht erreichbar zu sein. Auch wenn es nur für ein paar Stunden war. Die Angst, etwas zu verpassen, war zu groß.

Er warf Robert einen entschuldigenden Blick zu, wandte sich ab und nahm den Anruf entgegen.

»Weißt du das Neuste schon?«

Es war Corina.

»Nein, aber du wirst es mir sicher gleich ...«, flüsterte er.

»Mario ist ausgebüxt.«

»Verdammt!« Er musste sich zusammennehmen, um leise zu sprechen. »Die Polizei ist auch zu nichts zu gebrauchen.«

»Wir müssen ihn finden.«

»Es wird schwierig, Mario zu finden, wenn er sich nicht finden lassen will.«

»Ich bespreche es mit den anderen. – Und, hast du mit deiner Frau geredet?«

»Ja, alles paletti. Das hab ich doch schon gesagt.«

»Gut, dann werde ich ...«

Er spürte eine Hand auf seiner Schulter. Robert deutete den Hang hinunter ins Unterholz. Bott drückte den Anruf weg und verstaute das Handy langsam in der Hosentasche. Zuerst sah er nichts. Dann knackte ein Ast, Geweihspitzen kamen hinter einem Baumstamm hervor.

Robert ging in die Knie, er setzte das Gewehr an.

Ein Bock, allein, dachte Bott. Komm, zeig dich von der Seite.

Doch das Tier kam geradewegs auf sie zu. Von vorne konnte man es nicht schießen. Von vorne schoss man nur die großen Tiere wie etwa Hirsche. Bei Rehen ging die Kugel weit in die Weichteile, und eine Verunreinigung des Wildbrets war sehr wahrscheinlich. Bott sah, wie Robert langsam den Abzug betätigte.

»Doch nicht in den Kopf«, zischte er.

Der Bock musste ihn gehört haben. Er machte einen großen Satz. Robert drückte ab und verfehlte ihn. Der Bock verschwand im Wald.

»Du Idiot hast mir den Bock verjagt«, sagte Robert.

»Du wollest ihm von vorne in den Kopf schießen. Bist du nicht ganz bei Trost?« Er wusste nicht, was mit Robert los war. Schüsse in den Kopf waren tabu, galten als nicht weidgerecht.

Sie gingen zur Stelle hin, wo der Bock gestanden hatte. Schweißflecken waren auf dem Gras zu sehen. Kleine rote Tropfen auf grünem Grund.

»Du hast ihn angeschossen.«

»Halt die Klappe. Ohne dich hätte ich ihn getroffen.« Robert spuckte auf den Boden. »Und jetzt?«

»Jetzt müssen wir einen Hund bestellen, um das Tier aufzuspüren«, sagte Bott.

»Das war doch nur ein Streifschuss«, erwiderte Robert. »Oder siehst du hier irgendwelche Knochensplitter? Das lohnt sich nicht. Sonst sind wir den ganzen Tag mit der Nachsuche beschäftigt.«

»Da hast du auch wieder recht.«

Rea hatte sich entschieden, dem Weg durch den Wald bergaufwärts zu folgen. Sicher war Luisa auch wieder auf den Waldweg zurückgekehrt. Rea konnte sich nicht vorstellen, dass die Kleine länger im Dickicht umherstreifte. Doch nun fragte sie sich, ob Luisa überhaupt so weit gegangen sein konnte. Der Weg machte eine Kurve nach rechts. Sie hielt inne. Auf der roten Bank, die etwas erhöht am Bord stand, war Luisa in ihrem roten Pullover nur schwer zu erkennen.

»Luisa, da bist du ja! Wo warst du denn?«

»Ich habe mich versteckt.« Luisa lachte.

Rea stieg das kleine Bord hinauf und kniete vor sie hin. »Bitte mach das nie wieder.«

»Ist auch nicht lustig, wenn du mich nicht findest. Aber die Geiß, die war schön.«

»Welche Geiß?«

»Na, die weiße. Hast du sie nicht gesehen?«

»Aber im Wald gibt es doch keine Geißen.« Vielleicht war eine ausgebüxt und in den Wald gelaufen. Aber das schien ihr sehr unwahrscheinlich.

»Doch, ich konnte sie sogar anfassen und streicheln. Sie war ganz zahm.«

»Und wo ist sie jetzt?« Die Kleine hatte sich sicher alles nur vorgestellt.

»Auf einmal war sie weg.« Luisa machte ein trauriges Gesicht.

Rea richtete sich auf und streckte ihr die Hand hin. »Komm, gehen wir weiter.«

»Ich bin müde. Und einen Bären hab ich auch nicht gesehen.« Luisa verschränkte die Arme vor der Brust.

»Weißt du was?«

Luisa schüttelte den Kopf.

»Jetzt gehen wir in die Lüsai-Hütte.«

»Gibt es da Pommes?«

»Die besten!«

Die Lüsai-Hütte lag knapp oberhalb der Baumgrenze umgeben von saftig grünen Wiesen. Von der aus Holzbrettern gefertigten Terrasse konnte man über das ganze Val Fluors sehen. Hinter dem Gebäude ragte der Piz Lüsai in die Höhe.

Die Terrasse war nur halb besetzt. Am Tisch unter dem Vordach saßen zwei Jäger, die Rea nicht kannte, ein älterer mit Glatze und ein jüngerer. An einem anderen Tisch aßen ein Mann und eine Frau mittleren Alters Glacé, die Wanderstöcke hatten sie an die Hauswand gelehnt. Und am Tisch beim Eingang saßen drei jüngere Mountainbiker in kurzen Hosen, die Fahrradhelme über die Stuhllehnen gehängt. Rea grüßte und ließ sich mit Luisa an einem Zweiertisch nieder. Luisa wollte unbedingt mit Blick aufs Tal sitzen, während Rea in Richtung des Jägertisches schaute. Sie bestellte zwei Portionen Pommes frites mit Mayo und Ketchup sowie zwei Rivella.

Die Kellnerin brachte Luisa einen Malblock und ein paar Stifte.

»Danke«, sagte Luisa und begann zu zeichnen.

Zwei weitere Jäger kamen die Holzstiege hoch, grüßten und setzten sich zu den anderen. Die beiden hatte Rea schon einmal gesehen. Der eine hieß Robert, der andere, sein Bruder, war immer nur in den Ferien hier. Ein Anwalt, erinnerte sie sich. Den Namen hatte sie vergessen. Er war ein Stück kleiner als sein Bruder, wirkte ihm gegenüber fast zierlich, hatte dunkle Haare und einen Dreitagebart. Robert war breit und hochgewachsen, hatte große Hände und blondes, schütteres Haar. Hätte Rea es nicht gewusst, sie hätte nie vermutet, dass die beiden Brüder waren.

»So, was geschossen?«, fragte der Anwalt die Jäger und setzte sich seinem Bruder gegenüber.

Der mit der Glatze schüttelte den Kopf. »Mir ging ein Sechser durch die Lappen. Ich hatte ihn angesprochen und bereits im Visier, da sind ein paar Mountainbiker durch den Wald gedonnert.« Er schaute böse in Richtung der Fahrradfahrer, die das aber nicht bemerkten.

Das war typisch Jäger, dachte Rea. Sie machten immer die anderen für ihr Unvermögen verantwortlich.

»Das ist Pech«, sagte Robert. »Den Sechser hab ich auch schon gesehen. Der treibt sich immer unter der Alp Brüm herum.«

»Und ihr?«, fragte der Jüngere.

»Nichts.« Die Brüder schüttelten den Kopf.

»Aber wer hat dann im God Vallatscha geschossen?«, wollte der mit der Glatze wissen und leerte sein Glas.

»Wann?«

»Vor etwa einer Stunde ist ein Schuss gefallen. Wart ihr nicht da?«

»Ich habe nichts gehört«, sagte Robert und bestellte bei der Kellnerin ein Panaché.

Sein Bruder bestellte ein Mineralwasser. »Ich auch nicht«, doppelte er nach.

»Vielleicht kam der Schuss auch aus einer anderen Richtung.«

»Sicher ein Fehlschuss«, sagte der Jüngere. »Wir haben vorhin den Wildhüter getroffen. Es wurde nichts gemeldet. Auch keine Nachsuche.«

Oder jemand hatte ein Tier getroffen und es einfach nicht gemeldet, dachte Rea.

»Vielleicht wurde wieder einer umgebracht«, sagte Robert.

»Mach keine blöden Witze«, wies ihn sein Bruder zurecht.

»Dass der Mario so was tut«, sagte der Glatzkopf.

»Dem trau ich alles zu.« Robert schaute der Kellnerin nach, die ihm soeben das Panaché gebracht hatte. Sie trug enge Jeans, die mit geflickten Löchern übersät waren. Eine Mode, die Rea nicht wirklich verstand. Vor allem, weil man für verlöcherte Designerjeans einiges mehr bezahlte als für die ganzen.

»Er ist übrigens abgehauen«, sagte der Anwalt.

Das hatte sich aber schnell herumgesprochen. Woher die das wohl wussten?, fragte sich Rea.

»Das trau ich Mario ebenfalls zu«, fuhr Robert fort. »Woher weißt du das?«

»Das habe ich gehört – im Radio.«

»Dann war er's also.«

»Vielleicht auch nicht. Da hätten noch andere einen Grund gehabt, den Florineth abzuservieren«, meinte der Jäger mit der Glatze. »Frag mal den Gisep. Den hat er jahrelang mit dieser Baubewilligung gequält. Also, wenn ich der Gisep gewesen wäre, dann …«

»Wegen einer Baubewilligung? Da muss ich lachen.« Robert lachte nicht. »Nein, der Florineth wurde aus einem anderen Grund umgebracht. Das waren doch diese militanten Bärenfreunde aus Zürich. Er soll Morddrohungen erhalten haben, gemeine Briefe, weil er sich für den Abschuss von M13 eingesetzt hat.«

»Was?! Ist das wahr? Wer hat dir das erzählt?«, fragte der Jüngere.

Rea starrte die Männer an. Robert musste es bemerkt haben. Er blickte sie an. Dann stieß er den Glatzkopf mit der Schulter an und deutete mit dem Kopf auf Rea, die sich schnell Luisa zuwandte.

»Was hast du denn Schönes gezeichnet?« Auf dem Blatt war eine große hellblaue Ziege mit einer Blume im Maul zu sehen. Rea versuchte, noch etwas vom Gespräch der Männer mitzubekommen, doch die sprachen nun leiser, und sie hatte Mühe, noch etwas zu verstehen.

»Das ist die weiße Ziege.«

»Aber die hier ist doch hellblau.«

»Wenn sie weiß wäre, würde man sie gar nicht sehen auf dem weißen Papier.«

»Das stimmt.« Rea blickte wieder zu den Männern, die die Köpfe zusammensteckten und so leise sprachen, dass sie sie nicht mehr verstehen konnte.

Drohbriefe? Dem musste sie nachgehen. Der Abschuss des Bären war ein gutes Motiv, um jemanden umzubringen. Tierschützer konnten zuweilen ziemlich militant sein.

4

Rea kannte Madlaina Florineth vom Frauenturnverein. Sie war ihr immer sympathisch gewesen, näheren Kontakt hatten sie aber nicht gehabt. Dem Verein war Rea vor einem Jahr beigetreten. Es war ihr als gute Möglichkeiten erschienen, andere Frauen zu treffen. Leta hatte sie damals belächelt. *Was willst du mit diesen Frauen?*, hatte sie gefragt. *Meinst du, das werden deine Freundinnen?*

Rea ging es weniger darum, neue Freundinnen zu finden. Sie wollte die Bewohnerinnen von Zuort kennenlernen.

Es war doch ein Stück weit Heimat, wenn man die Leute auf der Straße kannte, sie mit Namen grüßen und mal hier, mal dort ein paar Worte wechseln konnte.

Die letzten paar Monate war sie nicht mehr beim Turnen dabei gewesen. Die Arbeit im Wald hatte ihr als körperliche Betätigung gereicht.

Das stattliche Engadinerhaus der Florineths thronte am Ende des Dorfes etwas erhöht am Hang. Nicht zufällig sprach man mitunter vom König, wenn Florineth gemeint war.

Rea hatte gezögert, Madlaina Florineth anzurufen.

Schließlich war ihr Mann erst vor zwei Tagen auf grauenvolle Weise umgebracht worden. Sie tat es dann trotzdem, denn sie hatte keine Zeit zu verlieren. Mario wurde gesucht, und es war nur eine Frage der Zeit, bis sie ihn fanden und wieder einsperrten. Und schließlich hatte sie ihm versprochen, ihm zu helfen.

Madlaina hatte umgehend in ein Treffen eingewilligt. Sie wollte die Person treffen, die ihren Mann gefunden hatte.

Luisa hatte zwar zuerst rebelliert, als ihr Rea sagte, sie müsse noch eine Stunde weg und dass die Nachbarin auf sie aufpassen würde. Aber als sie hörte, dass deren Katze in der letzten Nacht Junge geworfen hatte, war sie nicht mehr zu halten.

Rea ging am üppigen Garten des Hauses der Florineths vorbei. Rittersporne in unterschiedlichen Blautönen standen stramm nebeneinander. Daneben präsentierten Hortensien ihre kugeligen Blüten. Der Vorplatz schien frisch gewischt, kein Staubkorn war auf den Pflastersteinen zu sehen. Die weißen Sgrafitti, Verzierungen, die in den Putz gekratzt werden, glänzten in der Herbstsonne. Ein Hirsch schmückte die eine Seite des Hauses. Vor den kleinen, in die Hausmauer eingelassenen Fenstern blühten rote Geranien. Zwei kämpfende Steinböcke zierten die schmiedeeisernen Gitter im Erdgeschoss. Oberhalb der Eingangstür stand ein Spruch auf Romanisch. Daneben hing eine Kuhglocke.

Als sie anklopfen wollte, öffnete sich schon die Tür.

»Schön, dass du da bist. Komm herein.« Madlaina trat zur Seite und bat sie ins Haus.

Sie sah aus wie immer, von der Trauer war auf den ersten Blick nichts zu erkennen. Die grünen Augen sahen sie aufmerksam an. Ihre roten Haare fielen frisch gekämmt in Wellen auf die Schultern. Das Gesicht mit den Sommersprossen war blass wie immer. Es roch nach Apfelkuchen. Sie führte Rea in die Stüvetta. Der Tisch war bereits gedeckt. Porzellantassen, dazu passende Dessertteller, silberne Gabeln und Servietten, die die Farbe des Porzellans aufnahmen. Alles passte zusammen.

Rea dachte an ihren eigenen Haushalt und wie schwierig es immer war, selbst fürs Frühstück zwei gleiche Tassen zu finden. Geschweige denn, die passenden Unterteller. Hier hatte jemand viel Zeit, um sich solchen Details zu widmen.

»Ich hole den Tee.« Madlaina verschwand hinter der niederen Tür.

Rea schaute sich um. Arventäfer, ein Ofen, in einer Ecke stand eine Stabelle. Eine alte Holztruhe. Das Haus der Florineths und das Interieur mussten sehr alt sein.

Madlaina kam mit einer großen Teekanne und dem Apfelkuchen zurück in die Stube.

»1834«, sagte sie, als könne sie Reas Gedanken lesen. »Ich wollte dich auch anrufen. Aber bitte, setz dich doch hin.«

Rea nahm gegenüber vom Fenster Platz.

Madlaina schenkte Tee ein. »Sie wollten mich am Montagmorgen nicht zu Remo lassen. Und du hast ihn doch noch gesehen.«

Wieso interessierte Madlaina der letzte Anblick ihres Mannes so? Vielleicht war es die Hoffnung, ihm nochmals etwas näherzukommen, wenn sie wusste, wie er tot aussah. Vielleicht konnte sie ihn dann besser loslassen.

»Es ist besser, dass du ihn nicht so gesehen hast.« Rea schaute aus dem Fenster, von hier aus sah man das ganze Dorf mit dem Kirchturm in der Mitte. »Es war kein schöner Anblick.« Sie dachte an das blutverschmierte Gesicht. Sie biss sich auf die Unterlippe, als sie sah, wie Madlaina noch blasser geworden war.

Madlaina ließ das Kuchenmesser sinken. »Glaubst du, er hat gelitten? Wie hat er ausgesehen?«, fragte sie nach einer Weile.

Rea dachte an das verzerrte Gesicht von Florineth. »Ich denke nicht. Er wurde ja …«, sie zögerte, »er wurde vorgängig erschossen.«

»Ja, das hat mir die Polizei auch gesagt. Deshalb haben sie Mario verhaftet. Sie sagen, dass er vermutlich mit seinem Gewehr …« Madlaina brach ab, hob das Messer wieder hoch und schnitt den Kuchen auf.

»Darüber wollte ich eigentlich mit dir sprechen …«

»Er war es nicht«, sagte Madlaina bestimmt.

»Wie bitte?«

»Das war doch nicht Mario. Wieso auch? Remo hatte sich genug Feinde gemacht. Aber Mario gehörte nicht dazu.« Sie legte Rea ein Stück auf den Teller, sie selber nahm keines.

»Aber haben du und Mario nicht …« Rea hielt die Luft an.

Madlaina schwieg. Sie strich über die zusammengefaltete Serviette.

Offenbar hatte Rea sich zu weit vorgewagt.

»Das ist nur dummes Geschwätz. Du weißt doch, wie Mario ist.« Sie tupfte mit dem Zeigefinger ein paar Brösel von der Kuchenplatte und steckte sie in den Mund.

»Ja, klar.« Rea schob die volle Gabel in den Mund. Sie wusste es nicht wirklich oder wollte es nicht wissen.

»Nein, nein, da gäbe es noch ganz andere Kandidaten, die auf Remo nicht gut zu sprechen waren«, sagte Madlaina leise.

»Die Bärenfreunde?«

»Ja, zum Beispiel.« Madlaina erzählte ihr von Drohbriefen, die ihr Mann erhalten hatte, nachdem M13 erlegt worden war. Und dass Remo Florineth schon vor vier Jahren, als die ersten einwanderten, gegen die Bären gewesen war. Wieso hat man den Bären 1904 ausgerottet?, hatte er gefragt. Das habe doch seinen Grund gehabt.

Würde die Ausschaffungsinitiative auch für Tiere gelten, er hätte M13 wieder nach Italien, wo er hergekommen war, ausschaffen lassen, davon war Madlaina überzeugt. Als dann die ersten Schafe gerissen wurden, sei er beim kantonalen Jagdinspektor vorstellig geworden. Der hätte sich aber darauf beschränkt, den Bauern eine Abgeltung für die gerissenen Schafe zu zahlen. Jedoch nur, wenn diese auch die geforderten Vorsichtsmaßnahmen erfüllten und die Schafe nicht unbewacht auf der Alp ließen. Mehrere Bauern gingen deshalb leer aus und beklagten sich bei Florineth. Dieser drohte dem Jagdaufseher, dass er den Bären eigenhändig erlegen würde, falls er nicht tätig werde.

Rea erinnerte sich, dass M13 Anfang letzten Jahres als Problembär eingestuft wurde, was für einen Abschuss jedoch nicht reichte. Erst als er zwei Touristen erschreckte, mehrere Bienenhäuser plünderte und in ein Haus eindrang, wurde sein Todesurteil verhängt. Er war ein Risikobär geworden.

»Aber wer den Bären wirklich erlegt hat, das weiß niemand, oder?«, fragte Rea.

»Nein, aber natürlich machten die Natur- und Tierschützer meinen Mann dafür verantwortlich. Vor allem nach seinem Auftritt im Fernsehen. Da ist uns ein Drohbrief nach dem anderen ins Haus geflattert. Viele ziemlich unter der Gürtellinie. Die meisten kamen aus dem Unterland. Die haben gut reden. Die wohnen nicht hier oben. Sollen die doch Krokodile in ihren Seen aussetzen, wenn sie unbedingt wilde Tiere brauchen.«

»Weiß die Polizei davon?«

Madlaina schüttelte den Kopf. »Wir haben das nicht so ernst genommen. Und was wollen die schon ausrichten?«

»Kann ich die Briefe mal sehen?«

Madlaina zögerte. »Ich habe sie noch nie jemandem gezeigt.«

Doch dann erhob sie sich, verließ den Raum und kam mit einer Beige Briefe und Postkarten zurück. »Hier. Sie sind alle anonym. Nur Feiglinge.«

Das Telefon klingelte. »Du entschuldigst mich?« Madlaina verließ die Stube.

Es mussten etwa dreißig Briefe sein in den unterschiedlichsten Farben und Größen, die einen von Hand angeschrieben, die anderen mit Computer beschriftet. Einer war mit ausgeschnittenen Zeitungsbuchstaben beklebt. In einem stand: *Die nächste Kugel trifft dich.* In einem anderen: *Es gibt nicht zu viele Bären, sondern zu viele Menschen auf der Erde. Mach den Anfang, und geh mit gutem Beispiel voran!* Dabei lag eine Schnur, die zu einer Schlinge geknöpft war.

Ein Brief fiel Rea besonders auf. Sie glaubte, die Schrift zu erkennen. Wenn sie auch verstellt war. Aber das kleine a war unverkennbar, das hatte sie schon oft gesehen. Es war Letas Schrift. Sie betrachtete den Umschlag. Der Brief war in Zürich abgestempelt worden. Seltsam, das passte gar nicht zusammen.

»Bitte entschuldige, aber der Anruf war wichtig. Die Briefe sind nicht gerade schön.« Madlaina kam wieder zurück und setzte sich hin. »Hast du etwas gefunden?«

Rea schüttelte den Kopf.

»Möchtest du noch ein Stück Kuchen?«

»Danke, ich muss langsam los. Luisa …«

»Die kleine Luisa. Wie geht es ihr? So ein aufgewecktes Mädchen.«

»Sie hatte gestern Fieber, aber heute ist es wieder besser.«

»Ich bewundere dich, dass du das alles alleine schaffst. Ich hätte auch gerne Kinder gehabt.«

Rea traute nicht zu fragen, wieso sie keine hatte. Sie stellte Tasse und Teller zusammen.

Madlaina nahm ihr die Tasse aus der Hand. »Bitte lass alles stehen. Ich mach das nachher.«

Sie begleitete Rea hinaus. »Weißt du, was Remo am meisten zu schaffen gemacht hat?«, fragte sie unter der Haustüre. »Einmal hat er gesagt, jetzt hat er sich jahrelang dafür eingesetzt, dass das Dorf sicher vor Lawinen und Murgängen ist. Über die Straße ins Val Fluors hat er Galerien bauen lassen, damit niemand von Steinen erschlagen wird. All das hat er gemacht, um die Bevölkerung zu schützen. Und dann kommt einfach so ein Bär und bedroht die Einwohnerschaft, versetzt alle in Angst und Schrecken. Und von der Regierung wird es auch noch geduldet. Das hat Remo umgetrieben.«

Rea hörte nur noch mit halbem Ohr zu. Sie musste an die Schrift denken. Die Schrift, die Leta gehörte. Rea wusste, dass Leta gegen den Abschuss des Bären gewesen war. Aber dass sie Florineth gleich einen Drohbrief schrieb? Das hätte sie ihr nicht zugetraut.

Rea wollte gerade in ihr Auto einsteigen, da klingelte das Handy. Rufnummer unbekannt. Sie nahm ab. Zuerst rauschte es nur in der Leitung. Dann hörte sie Marios zerschnittene Stimme.

»Mario, wo bist du?!«, flüsterte Rea und schaute zum Haus der Florineths. Madlaina stand am Fenster und winkte ihr zu. Rea stieg in den Wagen.

»Das möchte ich dir lieber nicht sagen.«

»Aber …«

»Es ist zu deinem Schutz. Ich bin an einem sicheren Ort.«

»Geht es dir gut?«

»Prima.« Es klang nicht sehr überzeugend.

»Wieso rufst du an? Hast du etwas herausgefunden?«

»Florineth wurde erpresst.«

»Woher weißt du das?«

»Ein Kollege hat es mir erzählt. Er war mit Florineth befreundet.«

»Von wem?«

»Das weiß ich eben nicht. Aber vielleicht kannst ja du Näheres herausfinden.«

»Das ist nicht gerade viel.«

»Florineth soll in der letzten Jagd eine Hirschkuh und ihr Kalb geschossen und es nicht gemeldet haben.«

»Und? Die weiße Gämse hat er ja auch geschossen.«

»Eine weiße Gämse zu schießen ist legal, wenn es auch nicht den waidmännischen Regeln entspricht. Eine Hirschkuh mit Kalb zu schießen ist im Kanton Graubünden strafbar. Und wer möchte schon einen Gemeindepräsidenten, der sich nicht ans Gesetz hält?«

»Aber dann hätte Florineth doch seinen Erpresser umbringen müssen und nicht umgekehrt.«

»Vielleicht hat er den Kerl bedroht, und der war schneller.«

»Für mich klingt das nicht sehr überzeugend.«

»Also, du hilfst mir nicht herauszufinden, wer dahintersteckt?«, fragte Mario.

»Doch, aber ich habe eine andere Spur. Ich war heute bei Madlaina.«

»Bei Madlaina? Wieso das?«

Rea glaubte, Nervosität in seiner Stimme zu hören. Oder war es das Rauschen in der Leitung? »Florineth hat Drohbriefe erhalten, weil er gegen den Bären war. Und stell dir vor, wer einen der Drohbriefe geschrieben hat …«

Es rauschte stärker.

»Mario?« Sie hörte seine Stimme nur noch zerstückelt. Dann nichts mehr. Offenbar hatte sein Handy die Netzverbindung verloren.

Sie trafen sich am Nachmittag in der Gemeindekanzlei. Corina Kunfermann, Andri Bott, der Wirt des *Alpina*, der Direktor des *Bellaval* und zwei Bauern.

»Können wir nun endlich beginnen?« Corina schaute streng in die Runde. Die Männer verstummten.

»Wir müssen Mario möglichst rasch finden und wieder der Polizei übergeben«, sagte sie und schaute jedem Einzelnen ins Gesicht. »Negative Schlagzeilen können wir uns zurzeit nicht leisten. Ich sehe schon die *Südostschweiz* titeln: *Mörder läuft im Val Chava frei herum*. Das wäre der Todesstoß für unser Projekt.«

Ein Raunen ging durch den Raum.

Bott erhob sich. »Unsere Gemeindeschreiberin hat recht. Ich schlage vor, dass wir drei Suchtrupps à je zwei Mann bilden und das Gebiet aufteilen. Irgendwo muss er ja sein.«

»Wir übernehmen die rechte Talseite«, sagten die Bauern am Ende des Tisches.

»Wir die linke.« Der Wirt des *Alpina* hob kurz die Hand.

Der Direktor des *Bellaval* nickte.

»Dann nehme ich das Val Fluors«, sagte Bott.

»Allein?«

»Vielleicht nehme ich meinen Bruder dazu.«

»Und was ist mit der Försterin?«, fragte Corina.

»Was soll mit der sein?«, fragte der Direktor.

»Sie und Mario, die waren doch mal …«

»Was?«

»Ich habe sie mal zusammen gesehen, am letzten Dorffest. Vielleicht weiß sie, wo er ist.«

»Was ihr Frauen immer seht«, sagte Bott.

»Gut, dann werde ich mich persönlich darum kümmern.« Sie zog das Oberteil ihres Deuxpièces nach unten.

»Mach das. Von Frau zu Frau.«

Die Männer lachten.

»Kommst du dich entschuldigen, weil du mich gestern hinausgeworfen hast?«, fragte Leta, als sie die Tür öffnete.

»Kann ich reinkommen?« Rea hatte keine Lust, über den vergangenen Abend zu sprechen.

Leta trat wortlos von der Türe weg.

Rea betrat das dunkle Holzhaus und setzte sich aufs Sofa, das in der Nähe eines alten Kachelofens stand. Leta bot ihr nichts an. Rea wusste nicht, wie sie beginnen sollte. Wegen Luisa war sie auf Leta angewiesen und konnte nicht so schnell einen Ersatz für sie finden. Doch sie musste Leta auf den Drohbrief ansprechen.

»Ich weiß nicht, wie ich es dir sagen soll«, begann sie schließlich.

»Suchst du jemand anderen, der auf Luisa aufpasst?«

Rea hatte Letas direkte und offene Art immer gemocht, doch jetzt war sie ihr zu viel. Vielleicht kam sie deshalb nicht mit Mario aus, weil sich die beiden zu ähnlich waren.

»Ich war bei Madlaina.«

»Interessant«, sagte Leta offensichtlich gelangweilt.

Rea nahm all ihren Mut zusammen. »Hast du einen der Drohbriefe geschrieben?«

»Welche Drohbriefe?« Leta hob die dunklen Augenbrauen.

»An Florineth. Wegen des Bären.«

»Ich?« Letas Stimme tönte etwas zu hoch.

»Ich habe deine Handschrift erkannt.«

»Du meinst, ich bin so blöd und schreibe von Hand einen Drohbrief?«

»Du hast deine Schrift verstellt.«

»Und wie willst du dann wissen, dass es meine ist?« Leta griff nach einem Pack Zigaretten, das auf dem Beistelltisch lag, nahm eine Zigarette heraus und steckte sie an.

»Ich habe dein kleines a wiedererkannt.«

»So, so. Hast du? Ich werde wohl nicht die Einzige auf der Welt sein, die solche as macht.«

»Der Brief wurde in Zürich abgestempelt.«

»Siehst du? Da haben wir's. Jemand aus Zürich.«

»Das hat mich zuerst auch verwirrt. Aber du warst doch im März in Zürich. Ich kann mich noch gut erinnern, weil dann Luisas Geburtstag war und du beruflich wegmusstest.«

Leta schwieg.

»Wieso hast du ihn geschrieben?«

Leta nahm einen tiefen Zug von ihrer Zigarette. »Weil ich es total idiotisch finde, dass man Bären einquartiert, und wenn sie sich nicht so verhalten, wie wir Menschen uns das vorgestellt haben, knallt man sie einfach ab.«

»Und?«

»Und was?«

»Weißt du etwas über seinen Tod?«

»Wie bitte?«

»Vielleicht ... vielleicht kennst du ja noch andere, die ebenfalls Drohbriefe geschrieben haben.«

»Du meinst, wir haben uns zum Kaffee getroffen und zusammen Drohbriefe geschrieben? Das ist doch lächerlich!«

»Nein, aber vielleicht hast du dich ja mit jemandem ausgetauscht. Mit jemandem, der Florineth den Tod wünschte.«

»Du meinst, weil einer einen Drohbrief schreibt, bringt er gleich jemanden um? Darf man nicht mal mehr seine Meinung sagen? Wer sich für einen Bären einsetzt, muss nicht gleich zum Mörder werden.« Leta drückte die Zigarette im Aschenbecher so heftig aus, wie wenn sie sie zerquetschen wollte.

»Man darf ja noch fragen.«

»Dann kannst du mich ja gleich fragen, ob ich den Florineth erschossen habe. Aber keine Bange. Ich habe kein Gewehr und gehe nicht mal auf die Jagd. Ich glaube, unser Gespräch ist damit beendet.« Leta erhob sich.

»Dann soll ich Luisa nicht mehr zu dir bringen?«

»Du willst doch dein Kind keiner anvertrauen, die Drohbriefe schreibt.«

Rea gab keine Antwort und verließ das Haus. Auf dem Vorplatz blieb sie stehen.

Was sollte sie jetzt machen? Sie konnte morgen nicht schon wieder freinehmen, weil sie niemanden für Luisa hatte. Grond würde ausflippen. Sie konnte sagen, Luisa sei immer noch krank. Dann hätte sie ein paar Tage Zeit, um einen Ersatz zu finden.

Das Dorf lag bereits weit hinter ihm. Nicht mehr lange und er würde die Waldgrenze erreicht haben. Der Boden war mit dicken Wurzeln durchdrungen. Darüber lagen Lärchennadeln vom Vorjahr.

Allerlei Gestrüpp klammerte sich an den steilen Hang. Ab und zu gab es Steinblöcke, die mit dichtem Moos überzogen waren. Dann wurde es langsam heller. Die Bäume immer seltener. Das Grün überwog.

Eine einzelne Tanne stand mitten auf der verblühten Bergwiese. Wie wenn sie der Höhe trotzen wollte.

5

Luisa konnte nicht verstehen, wieso sie den ganzen Tag zu Hause blieben, obwohl draußen das schönste Wetter war. Rea versuchte es mit Spielen und Eisessen wiedergutzumachen. Und Luisa durfte vier Folgen von *Shaun das Schaf* schauen – normalerweise waren es nur zwei pro Tag –, während Rea damit beschäftigt war, im ganzen Dorf herumzutelefonieren und nach jemandem zu suchen, der auf Luisa aufpassen könnte.

Doch ihre Anrufe blieben erfolglos. So kurzfristig konnte niemand Luisa aufnehmen. Nur noch ein einziger Name stand auf der Liste: Madlaina.

Konnte sie Madlaina wirklich fragen? Die brauchte doch sicher Zeit für sich. Andererseits wäre Luisa eine willkommene Ablenkung. Sie hatte gesagt, dass sie Kinder gerne mochte. Aber vielleicht erinnerte es sie zu stark an ihre eigene Kinderlosigkeit.

Für jedes Argument dafür fiel Rea ein Argument dagegen ein.

Da klingelte das Telefon. Es war Madlaina. Sie habe gehört, dass Rea jemanden für Luisa suche. Sie würde das sehr gerne übernehmen. Rea könne Luisa morgen vor sieben bei ihr abliefern. Sie würde sie dann in den Kindergarten bringen und am Mittag wieder abholen. *Cun grond plaschair*, mit großem Vergnügen, sagte sie.

Rea war erleichtert. Vielleicht war das Schicksal doch auf ihrer Seite.

Im Büro des Werkhofes brannte Licht. Ein Streifenwagen hatte vor einem der Tore der Feuerwehr parkiert – direkt im Parkverbot.

Das würde Ärger geben, dachte Rea. Die Feuerwehr hatte heute früh einen Übungseinsatz.

Sie nahm die Treppe in den oberen Stock.

Auf dem Absatz kam ihr Grond entgegen. »Die Polizei ist da!«

»Ich hab's gesehen. Hat die Feuerwehr heute nicht einen Einsatz?«

»Was? Wie? Nun komm schon, die wollen uns befragen.«

»Alle zusammen?«

»Nein, natürlich einzeln.«

»Weswegen?«

»Na, wegen Mario.«

»Sind Sie Frau Rüegg?« Vor Reas Büro stand ein Polizist. Er hatte breite Schultern, raspelkurze Haare und trug eine filigrane Brille.

»Und Sie sind?«

»Not Caviezel, Kantonspolizei. Sie kommen bitte gleich mit!«

»Aber ich sollte doch heute mit dem Seilen …« Rea blickte zu Grond.

»Schon okay. Das kann noch etwas warten.«

»Es dauert nicht lange«, sagte Caviezel.

Er wollte alles über Mario wissen. Mit wem er verkehre, wie er sich bei der Arbeit verhalte, wie sie zu ihm stehe. Dass sie keine Ahnung habe, wo er steckte, wollte er nicht gelten lassen.

»Sind Sie überhaupt sicher, dass er es war?«, fragte Rea.

»Florineth wurde mit seinem Gewehr erschossen«, gab Caviezel zur Antwort.

»Das heißt aber noch nicht, dass er auch derjenige war, der geschossen hat. Vielleicht wurde das Gewehr entwendet?«

»Ein Jäger lässt sich das Gewehr nicht stehlen.« Caviezel lachte gequält. »Gehen Sie auf die Jagd?«

»Nein.«

»Eben.«

»Aber es könnte doch sein, dass jemand anders … Suchen Sie nicht nach dem Motiv?«

»Sie haben wohl zu viele Krimis gesehen. Wenn die Sachlage so klar ist wie in diesem Fall und der Täter flüchtig, dann spricht das wohl für sich. Motiv hin oder her. – Sie wissen übrigens schon, dass Sie sich strafbar machen, wenn Sie einem Flüchtigen helfen?« Er schaute Rea herausfordernd an. Wurde etwa im Dorf über sie und Mario geklatscht? Und hatte er das mitbekommen?

»Das ist mir bekannt.« Rea nickte.

»Und was machen Sie mit Ihrer Tochter, wenn Sie im Gefängnis sind?«

»Ich habe keine Ahnung, warum Sie denken, ich könnte ins Gefängnis kommen.«

Plötzlich ertönte das Martinshorn. Caviezel zuckte zusammen. »Das sind aber nicht wir.«

»Nein, das ist die Feuerwehr. Die wollen rausfahren. Ich würde das Auto umparkieren, wenn ich Sie wäre.«

Mit einem Fluch eilte Caviezel aus dem Zimmer.

»Mama, ich möchte nicht mehr zu Madlaina gehen.«

Rea stellte ein Glas, das sie gerade abgetrocknet hatte, in den Oberschrank. »Komm, iss deine Fischstäbchen.«

Luisa schälte die Kruste von dem weißen Fisch.

»Aber den Fisch, den isst du bitte auch, ja?«

»Der schmeckt aber nicht so gut.«

»Und Kartoffeln hast du auch noch keine gegessen.« Rea nahm einen Teller und trocknete ihn ab.

»Die sind so groß.«

Rea nahm eine Gabel und zerkleinerte damit die Knolle. »So jetzt sind sie nicht mehr so groß. Du musst nicht alle essen, wenn du nicht magst. Aber mindestens versuchen, das solltest du.«

»Sie ist so komisch.«

»Die Kartoffel?«

»Madlaina.«

»Das bildest du dir sicher nur ein.«

»Nein, tu ich nicht.« Luisa verzog das Gesicht.

»Was hat sie denn Komisches gemacht?« Vielleicht war Madlaina in ihrer Trauer doch etwas überfordert, um auf Luisa aufzupassen.

»Nichts.« Luisa verschränkte die Arme vor der Brust.

»Und wieso ist sie dann komisch?« Oder Luisa hatte

Probleme damit, dass sie nicht mehr zu Leta gehen konnte.

»Sie ist immer so nett.«

»Aber das ist doch toll!«

»Ist es nicht!«

»Aber nach einem Tag kann man noch gar nichts sagen.«

»Doch. Kann ich.«

»Morgen ist Samstag. Da bleibst du hier. Dann unternehmen wir etwas zusammen.«

Luisa gähnte.

»Komm, noch einen Bissen und dann Zähneputzen und ab ins Bett!«

Es tat Rea leid, dass sich Luisa bei Madlaina nicht wohlfühlte. Aber was sollte sie machen? Sie hatte keine Alternative. Sie hoffte, dass Luisas Laune übers Wochenende wieder verging.

Das *Conrad*, ein Café, das ebenso von Touristen wie von Einheimischen besucht wurde, war weit über das Tal hinaus für seine Nusstorten bekannt. Doch auch die *Fuatscha grassa* schmeckte Rea und die Engadiner Torte, die sie neuerdings führten.

Rea und Luisa grüßten Mengia Conrad, die hinter der Brottheke stand und eine Frau bediente, und gingen durch das Café hindurch auf die Terrasse, von der man weit über das Tal blicken konnte. Ein älteres Ehepaar frühstückte in der Sonne, wahrscheinlich Touristen, die eine Ferienwohnung oder ein Zimmer gemietet hatten.

Am Tisch nebenan saß die alte Frau Conrad und leerte mit zittrigen Fingern Zucker in die Kaffeetasse. Die Hälfte ging daneben.

»Darf ich ein Gipfeli bestellen und eine Ovo?« Luisa setzte Giacumin auf den Tisch.

»Du kannst bestellen, was du willst.«

»Das ist aber ein schöner Bär«, sagte Frau Conrad. »Wie heißt er denn?«

»Das ist Giacumin«, antwortete Luisa. »Mein bester Freund.«

Frau Conrad griff nach dem Plüschtier, doch Luisa war schneller, zog ihn weg und setzte ihn auf ihren Schoss.

»Ist gut, dass sie den Bären abgeschossen haben«, sagte Frau Conrad an Rea gewandt. »Es hat nicht Platz für alles in einem engen Tal. Für die Autos, die Bahn, die Bauern, die Jäger.«

Rea beobachtete, wie Luisa Frau Conrad misstrauisch anblickte.

»Da ist ein Bär einfach zu viel. Kein Wunder wurde er im letzten Jahr von der Rhätischen Bahn angefahren.«

»Er wurde angefahren?« Luisa machte ein entsetztes Gesicht.

»Luisa, schau doch mal, wo Mengia bleibt. Ich nehme auch ein Gipfeli und einen Milchkaffee.« Rea wollte nicht, dass Luisa die Bärengeschichten von Frau Conrad mitbekam.

Luisa nahm Giacumin auf die Schultern und galoppierte ins Café hinein.

Rea musste an Leta denken, was sie über den Bären gesagt hatte. Er war abgeschossen worden, weil er sich nicht richtig benommen hatte. War das nicht auch mit den Menschen so? Immerhin wurden sie in der Schweiz nicht umgebracht. Nur eingesperrt. Oder ausgeschafft. Eigentlich hatte Leta recht. Sie vermisste sie.

»Ich denke, der Bär hat vor allem in den Köpfen der Bevölkerung keinen Platz«, erwiderte Rea. Sie staunte selber über ihren Meinungswandel.

»Wie meinen Sie das?«, fragte Frau Conrad.

»Wir sind es nicht mehr gewohnt, mit wilden Tieren zu leben und mit ihnen umzugehen. Platz hätte es genug für einen Bären.«

Mengia kam mit einem vollen Tablett und Luisa im Schlepptau auf die Terrasse und entschuldigte sich, dass sie warten mussten.

»Kein Problem«, sagte Rea.

Mengia stellte einen Korb mit Gipfeli, die Ovo und den Kaffee auf den Tisch. »Und du, nimmst auch noch einen?« Sie deutete auf die leere Tasse ihrer Schwiegermutter.

»*Cun plaschair!*«

Mengia nickte und verschwand wieder im Lokal.

»Ich bin da ganz der Meinung vom Florineth, Gott hab ihn selig«, sagte die alte Frau Conrad, wie um sich zu entschuldigen. »Wenn auch nur in dieser Sache.«

Rea hielt Luisa den Korb mit den Gipfeli hin und nahm dann selber eines.

»Ansonsten hatte er nicht so meine Wellenlänge«, fuhr Frau Conrad fort.

»Wie meinen Sie das?«, sagte Rea betont gelangweilt und versuchte, ihre Neugier zu verbergen.

»Der hat doch auf allen Hochzeiten getanzt. Früher oder später musste der so enden.«

Rea wartete gespannt darauf, dass Frau Conrad weiterredete, aber sie schwieg.

Als Luisa mit Gipfeli und Ovo fertig war, ließ sie den Bären auf dem Terrassengeländer spazieren.

»Bitte pass auf, dass er nicht runterfällt«, warnte Rea.

»Mach ich.«

»Ich glaube auch nicht, dass es der Mario war«, sagte Rea, als Luisa außer Hörweite war. Es war ein Schuss ins Blaue.

»Mario?« Die alte Frau schaute sie mit zugekniffenen Augen an. »Der war es sicher nicht. Ich kenne ihn, seit er ein Baby war. Der bringt doch niemanden um. Leider bin ich die Einzige, die das so sieht.« Ihr Gesicht entspannte sich. »Außer Ihnen.«

Unter der Terrasse stiegen zwei Jäger in die Talsohle hinab.

Frau Conrad deutete mit dem Kinn auf sie. »Die sind nicht nur hinter dem Wild her.«

»Wie meinen Sie das?«

»Sie suchen Mario.«

»Wie bitte? Aber das ist doch Sache der Polizei!«

»Man kann niemandem verbieten, jemanden zu suchen, oder?«

»Und wer sind die?«

»Das ist Bott, dieser Anwalt …«

Da ertönte ein schriller Schrei. Luisa! Rea schoss

hoch, sah sich rasch um. Luisa lehnte über das Geländer und blickte nach unten.

»Giacumin!« Sie lehnte immer weiter nach vorne. Ihre Füße lösten sich vom Boden.

»Luisa! Nicht!« Rea stürtzt auf Luisa zu.

Die Frau, die mit ihrem Mann gefrühstückt hatte, sprang auf, packte Luisa an den Hüften und stellte sie auf den Boden.

»Luisa, was machst du denn!« Rea schloss sie in die Arme. Dann bedankte sie sich bei der Frau.

Sie blickte über das Geländer. Giacumin lag unten mitten auf einem Misthaufen.

»Aber wieso kann ich nicht wieder zu Leta gehen? Die ist viel netter als Madlaina.« Luisa schlug von hinten gegen Reas Sitz.

»Hörst du bitte auf! Oder willst du, dass ich in den nächsten Pfosten fahre?«

»Ist mir doch egal.«

»Ich verstehe dich nicht.« Rea setzte den Blinker. »Am Freitag hast du gesagt, Madlaina sei immer so nett und deshalb willst du nicht mehr zu ihr gehen. Und heute sagst du, Leta sei netter. Da soll noch einer mitkommen.«

Luisa schwieg.

Rea schaute in den Rückspiegel. Sie sah sie nicht, doch sie konnte sich genau vorstellen, wie Luisa vor sich hin schmollte.

»Und Giacumin darf auch nicht mitkommen.«

Bereits beim Einsteigen hatte Luisa ein Riesentheater gemacht, weil sie den Teddybären nicht mitnehmen durfte. Doch Giacumin musste zuerst trocknen. Rea hatte ihn am Wochenende zweimal waschen müssen, bis der Mistgestank draußen war.

Vor lauter Giacumin hatte sie Mario für eine Weile ganz vergessen. Wurde er nun wirklich von diesen Jägern verfolgt, oder wollte sich die alte Conrad nur wichtigmachen?

»Ich steige nicht aus!«, rief Luisa von hinten, als sie aus dem Dorf hinausfuhren.

»Dann bleibst du eben den ganzen Tag im Auto sitzen.«

»Das kann ich? Mit dir mitfahren?«

»Natürlich nicht!« Rea wusste auch nicht, wie sie Mario helfen sollte. Entlasten konnte sie ihn nur, wenn sie den richtigen Mörder fand. Aber wie sollte sie das anstellen? Sie könnte die Drohbriefe nochmals durchgehen. Oder dieser Erpressergeschichte nachgehen. Vor allem müsste sie diese Jäger stoppen, wenn sie wirklich hinter ihm her waren. Besonders diesen Bott, der es offenbar auf Mario abgesehen hatte. Und sie hatte keine Ahnung, wieso. Doch wie sollte sie das machen? Wenn sie doch nur Leta um Rat fragen könnte.

Sie parkte den Wagen vor dem Haus der Florineths. »So, aussteigen!«

»Ich steige nicht aus.«

»Doch das wirst du.«

»Madlaina ist gar nicht da.«

Erst jetzt blickte Rea zur Haustür, wo Madlaina die letzten Tage gestanden und ihnen entgegengewinkt hatte. »Sie wartet sicher drinnen. Wollen wir mal nachschauen?«

»Nein.« Luisa verschränkte die Arme vor der Brust und blieb im Kindersitz.

Rea löste die Gurte. »Aussteigen, sonst kommt das Kitzelmonster!«

Luisa rührte sich nicht.

»Dann werde ich wohl klingeln müssen.« Rea ging langsam Richtung Kuhglocke. Ihre Hand griff bereits nach dem Klöppel, als Luisa rief: »Nein, warte. Ich will das machen!« Sie stürzte aus dem Wagen und kam angerannt.

Rea zog die Hand zurück und hob Luisa in die Höhe, damit sie den Klöppel greifen konnte. Mit großen Armbewegungen schwang sie ihn hin und her. Rea hätte sich am liebsten die Ohren zugehalten, doch das ging nicht, weil sie ja keine Hand frei hatte.

Als nach einer halben Minute nichts geschah, setzte sie Luisa wieder ab und schaute zu den Fenstern hoch. Es war niemand zu sehen.

Seltsam. Vielleicht hatte Madlaina sie vergessen und schlief noch. Aber auch wenn, hätte sie das Kuhglockengeläute sicher geweckt. Sie würde wohl kaum schon um Viertel vor sieben aus dem Haus gehen. War etwas geschehen?

Sie klopfte an die Tür, rief Madlainas Namen, doch es kam keine Antwort.

»Vielleicht ist sie im Garten«, sagte Rea.

»Ich schau mal nach.« Luisa lief um das Haus herum.

Rea drückte langsam die Klinke, die Tür war verschlossen.

Kurze Zeit später kam Luisa zurück.

»Hast du sie gesehen?«

Luisa schüttelte den Kopf.

»Was machen wir jetzt?«, fragte Rea.

»Ich komme heute mit dir mit.«

»Das geht nicht, wir sind heute am Fällen, das ist viel zu gefährlich.«

Rea hatte Luisa um acht selber in den Kindergarten gebracht und war schon wieder zu spät zur Arbeit gekommen. Sie konnte nur hoffen, dass Madlaina am Mittag auftauchte und sie wenigstens abholen würde.

Grond sagte kein Wort auf ihre Entschuldigung. Er bat sie lediglich, die Tür seines Büros zu schließen und sich zu setzen, wobei es mehr nach Befehl als nach Bitte klang.

»Ich habe dich damals eingestellt, entgegen allen Warnungen, weil du gute Referenzen hattest und mir versprochen hast, dass dich dein Kind nicht am Arbeiten hindern würde.« Er könne sich gut erinnern, fuhr Grond fort, als er sie auf das Kind angesprochen habe, habe sie ihn gefragt, ob das bei einem Mann auch ein Thema wäre. Das habe ihm imponiert. Auch dass sie sich als Frau in einer Männerdomäne behaupten wolle. »Und ich habe dich im letzten Jahr immer wieder gegen oben verteidigt. Florineth hat mich kurz vor seinem Tod gebeten, ihm die Fehlstunden zu rapportieren. Ganze fünfzehn Tage habe ich zusammengezählt!«

»Aber ich habe die meiste Zeit doch wieder komp...«, wollte Rea einwenden.

»Bitte lass mich ausreden! Auch wenn ich es durchaus unterstützenswert finde, dass auch eine Frau mit Kind arbeiten kann, ich kann dich gegen oben nicht mehr verteidigen. Sonst werde ich selber zur Rechenschaft gezogen.«

Rea schaute ihn fragend an. Denn das »oben« hatte sie vor einer Woche hängend im Wald vorgefunden.

»Du glaubst, mit Florineths Tod habe sich das Problem erledigt.« Grond schien ihre Gedanken zu lesen. »Aber da täuschst du dich. Sein Nachfolger wird sicher nicht so ...«

»Weiß man denn schon, wer sein Nachfolger wird?«, fragte Rea erstaunt.

»Bott, dieser Anwalt aus Chur, ist so gut wie gesetzt.«

»Aber der kann doch gar nicht gewählt werden«, entgegnete Rea.

»Er kann mit seiner Familie herziehen.«

»Aber gewählt werden, das muss er schon noch.«

»Das ist nur eine Formsache. Der grün-liberale Kandidat hat keine Chance. Das hat bei uns Tradition.«

Rea zuckte mit den Schultern. »Das ging aber schnell«, sagte sie mehr zu sich und blickte zum Fenster hinaus.

Schon wieder dieser Anwalt. Was hatte der mit allem zu tun?

6

Andri Bott stand vor seinem Haus. Er trug Jagdkleidung und hatte einen Rucksack vor sich stehen. Er wollte mit Robert zur Tasna-Hütte aufsteigen. Mario war öfter dort oben, und vielleicht hatte er sich auch da versteckt.

Eigentlich hatte er nach dem Wochenende zusammen mit Karin und den Kindern nach Hause fahren wollen. Denn diese Woche pausierte die Jagd. Doch er musste Mario so schnell wie möglich finden und der Polizei überführen. Einen Skandal konnte er hier nicht gebrauchen. Nicht jetzt.

Bott hatte sich lange überlegt, Robert zu fragen, ob er ihn bei der Suche nach Mario begleiten würde. Sie waren zwar Brüder, aber sehr unterschiedlich, was oft zu Differenzen führte. Robert war schon als Kind der Draufgänger gewesen. Er löste die Probleme mit Muskelkraft, während Bott lieber seinen Kopf einsetzte.

Schließlich fragte er ihn trotzdem. Offenbar hatte Robert keine Bedenken, denn er sagte sofort zu.

Sie führten zwei Leben, die unterschiedlicher nicht sein könnten. Für Bott war immer klar, dass er das Bergdorf einmal verlassen würde, um im Unterland zu studieren. Robert dagegen war hiergeblieben. Er hatte eine Schreinerlehre gemacht und vor ein paar Jahren den Betrieb übernommen.

Doch in letzter Zeit sehnte sich Bott wieder zurück nach Zuort. Vielleicht war es das Alter. Ihm fehlten die Berge – je länger er fort war, desto mehr. Und die Ferien und ab und zu ein Wochenende genügten nicht mehr, um seine Sehnsucht zu stillen.

Da kam ihm Florineths Tod sehr gelegen, auch wenn ein paar Jahre zu früh. Optimal wäre gewesen, wenn beide Kinder schon ausgeflogen wären und in Zürich studierten. Doch er konnte sich diese Chance nicht entgehen lassen. Insbesondere nicht, weil er sich in den letzten Jahren so für diese Region eingesetzt hatte.

Er würde der neue Gemeindepräsident werden, es wäre ein neuer beruflicher Lebensabschnitt. Ob es der letzte wäre, daran wollte er nicht denken. Auch wenn er merkte, dass er langsam von hinten zu rechnen begann.

Früher hatte er sich immer nach vorne orientiert. Wie wenn das Leben unendlich wäre. Es war ihm immer darum gegangen, etwas zu erreichen, etwas hinter sich zu bringen, etwas abzuschließen. Zuerst das Studium, dann das Anwaltspatent, die Eröffnung der eigenen Kanzlei. Auch bei den Kindern: die ersten Worte, die ersten Schritte, der Kindergarten, die Schule, man ersehnte sich immer etwas.

Doch heute musste er feststellen, dass es hinten nicht immer weiterging. Irgendwann schlug die Pensionierung zu und irgendwann der Tod.

»So, bist du parat?« Robert riss Bott aus seinen Gedanken. Er stand vor ihm, auf dem Rücken einen Rucksack und in der Hand ein Stock.

»Was willst du denn mit dem?«, fragte Bott.

»Das?« Robert schwang das Holz in die Höhe. »Das ist mein Wanderstock.« Er lachte. »Eignet sich auch hervorragend zur Verteidigung.« Mit beiden Händen nahm er den Stock und ließ ihn wie einen Golfschläger durch die Luft sausen.

»Wir bringen den Mario wohlbehalten zurück.«

»Meinst du, der kommt freiwillig mit? So ein Stock konnte schon manchen überzeugen.«

Bott bereute es bereits, Robert mitgenommen zu haben. Doch jetzt konnte er nicht mehr zurück.

»Also los, gehen wir.« Er schulterte seinen Rucksack und stieg den Berg hinauf.

Der Himmel war blau und wolkenlos, die Herbstsonne immer noch stark. Bott musste mehrmals nach seinem Nastuch greifen und sich den Schweiß aus Gesicht und Nacken reiben. Während er die erste Stunde vorausgegangen war, führte jetzt Robert. Er war schon einige Meter vor ihm.

Bott merkte, dass er die Höhe nicht gewohnt war. Die Luft wurde immer dünner, und er atmete zwar tief ein, doch seine Lungen schienen nichts aufnehmen zu können. Er blieb stehen.

»Gibst du schon auf?«, rief Robert, der sich auf einen Stein setzte und zu ihm herunterschaute.

Bott wollte etwas erwidern, doch ihm fehlte der Sauerstoff.

»Es ist nicht mehr weit bis zur Tasna-Hütte. Reiß dich zusammen!«

Bott nahm den Rucksack ab. Erst jetzt bemerkte er, dass sein Hemd am Rücken völlig durchnässt war. Er griff nach der Wasserflasche, nahm einen großen Schluck, goss etwas Wasser in seine Handfläche und verteilte es im Nacken. Dann strich er sich übers Gesicht.

»Schlägst du Wurzeln?« Robert stand auf und griff nach seinem Stock.

»Ich komme ja schon«, rief Bott zurück.

Nach einer halben Stunde hatten sie die Tasna-Hütte erreicht. Robert hieß Bott zu warten. Mit dem Stock bewaffnet schlich er sich an und versuchte die Tür aufzustoßen. Doch sie war zu. Er drückte langsam die Türklinke nach unten. Mit einem quietschenden Geräusch gab die Tür nach. Er nahm die Hand von der Klinke und schüttelte sie, als ob er sich die Finger verbrannt hätte. Dann stieß er die Tür sachte auf. Er warf Bott einen Blick zu und verschwand in der Hütte.

Bott wartete einen Moment. Nichts passierte. Kein Geräusch. Er rief nach Robert, doch der gab ihm keine Antwort. Bott näherte sich vorsichtig der Hütte und schielte durch die Tür. Zuerst sah er nichts. Er machte einen Schritt in die Hütte hinein. Da stand Robert neben einem Tisch und aß ein Stück Käse.

»Und, ist er da?« Bott blickte sich in der Hütte um.

»Nein, aber er war da. Und kommt offenbar wieder zurück.« Robert deutete auf den Tisch. Da lagen ein Laib Brot und ein Stück Käse. Auf einer Matratze lag zerknüllt ein Schlafsack. Daneben Marios rote Dächlikappe, die er immer trug.

»Alles, was wir machen müssen, ist warten«, sagte Robert, riss ein Stück Brot ab und schob es in den Mund.

Er ging immer weiter und weiter. Steil den Berg hoch, manchmal folgte er unsichtbaren Höhenkurven.

Ein Murmeltier pfiff. Er schaute nach oben. Ein Steinadler zog seine Runden.

Nach einiger Zeit erreichte er eine Hochebene. Wollgras zitterte im Wind. Ganz hinten stand eine verlotterte Hütte. Ob es da etwas Essbares gab? Er hatte schon wieder Hunger.

Die Hütte war leer. Sie musste schon vor Jahren aufgegeben worden sein. Das Dach war halb abgedeckt. Schnee und Regen hatten im Inneren ihre Spuren hinterlassen. Er würde sich ein anderes Nachtlager suchen müssen.

Am liebsten hätte Rea alles hingeschmissen und wäre nach Hause gegangen. Wieso war sie so vom Pech verfolgt? Nun drehte auch noch Grond durch. Und was sollte das mit diesem Bott? War die Suche nach Mario Teil seiner Wahlkampagne? Und wieso war Madlaina nicht zu Hause gewesen oder hatte die Tür nicht geöffnet? Sie hätte gerne nochmals einen Blick auf die Briefe geworfen und Madlaina nach dem Erpresser gefragt.

Rea parkierte den Subaru mitten auf der Straße. So

weit hinten im Val Fluors würde niemand durchkommen. Sie stieg aus und sah sich den Holzrost an, der über einem Schacht angebracht war. Unten rauschte der Bach durch. Das Holz war morsch und würde einen Menschen kaum mehr tragen, wenn er darauf trat. Geschweige denn eine Kuh. Das Tier würde in den Bach stürzen und sich die Beine brechen.

Sie vermaß eine Latte nach der anderen und schrieb die Zahlen auf. Nach der Hälfte richtete sie sich auf und blickte den Hang hoch. In der Ferne bewegten sich zwei Punkte über die Wiesen. Gämsen waren das nicht, die waren nicht grün und gingen nicht aufrecht. Sicher war das einer der Suchtrupps, von denen die alte Conrad erzählt hatte. Die Punkte bewegten sich in Richtung Tasna-Hütte. Mario hatte ihr einmal erzählt, dass er manchmal in der leer stehenden Hütte übernachtete.

Ich muss ihn warnen, dachte sie, aber sie wusste nicht, wie. Die beiden Männer einholen konnte sie nicht, der Vorsprung war zu groß. Und telefonisch erreichen konnte sie Mario auch nicht. Seine Nummer war unterdrückt gewesen, als er sie angerufen hatte.

Sie wusste nicht, was sie noch tun könnte. Wenn sie ihn nun fanden? Dann muss er ins Gefängnis, dachte Rea.

Sie trat mit dem Fuß gegen eine der morschen Latten, die zersplitterte und in den Schacht fiel. Sie blickte dem Holz nach.

Dann versuchte sie sich zu beruhigen. Vielleicht war Mario gar nicht in der Hütte, sondern an einem ganz anderen Ort. Der hatte sich sicher gut versteckt.

Sie vermaß die restlichen Hölzer. Nachher würde sie im God Vallatscha noch den Holzschlag kontrollieren.

Sie blickte wieder den Hang hoch. Jetzt waren die Punkte beinahe bei der Hütte angekommen.

Andri Bott ging um die Hütte herum, um nach etwas Brennbarem zu suchen. Sie wollten ein Feuer machen und die Cervelats braten, die er mitgenommen hatte. Er bückte sich gerade nach einem Stück Holz, da sah er aus dem Augenwinkel, dass sich am Hang etwas bewegte. Er blickte auf. Ein Rudel Gämsen zog über die Felsen, zuhinterst zwei Kitze, zuvorderst ein schöner Bock. Den würde er jetzt gerne schießen, wäre heute Jagd und hätte er sein Gewehr dabei. Doch zuerst müsste er eine erlaubte Geiß schießen, so lautete das Gesetz.

Plötzlich ertönte ein Schuss. Der Bock sprang in die Luft, kippte zur Seite und blieb liegen, die anderen Gämsen stieben in alle Richtungen davon. Die Zicklein schlossen sich ganz nah ihren Müttern an.

»Das war vielleicht ein Schuss!« Robert stand hinter Bott und ließ das Gewehr sinken.

»Hast du sie noch alle? Und wo hast du überhaupt das Gewehr her?«

»Das hab ich in der Hütte gefunden. Etwas Munition hat man doch immer im Sack.«

»Idiot. Was, wenn jemand den Schuss gehört hat?« Das konnte er nun gar nicht brauchen vor den Wahlen.

»Dann können wir immer noch sagen, dass es der Mario war.«

»Den hast du jetzt sowieso vertrieben.«

»Hilfst du mir, oder redest du lieber weiter dummes Zeug?« Robert schritt den Hang hinauf.

»Und was willst du mit dem Gämsbock?«, rief ihm Bott hinterher.

»Zumindest ausnehmen möchte ich ihn schon.«

Bott folgte ihm und stieg den Berg hinauf.

Das Tier lag da, als ob es schlafen würde. Nur die Augen starrten glasig ins Nichts. Robert nahm ein Messer hervor, spreizte die Hinterläufe und öffnete den Bauch vom Schlossansatz her bis zum Brustbein. Dann machte er einen langen Schnitt, griff mit der Hand in den Innenraum und holte die inneren Organe heraus. »Es geht doch nichts über eine frische Gämsleber zum Mittag.«

Bott schüttelte den Kopf.

»Du musst nicht mitessen, wenn du nicht möchtest. Alles freiwillig.« Robert stopfte die verwertbaren Innereien in einen Plastiksack. Den Rest ließ er liegen.

»Ist schon gut.« Natürlich würde Bott sich die Gämsleber nicht entgehen lassen.

Rea schaute über den gerodeten Platz. Den Waldboden sah man nicht mehr. Was nicht mit Stämmen belegt war, war mit einer dicken Schicht Tannenreisig bedeckt. Sie musste aufpassen, wohin sie trat, denn man wusste nie, ob die Äste und Zweige trugen. Das Beste war, über die Stämme zu gehen.

Rea hielt inne und blickte den Hang hoch. Von den

Forstwarten war keiner zu sehen. Wo die wohl steckten? Vielleicht machten sie bereits Mittagspause und hatten sich zurückgezogen. Sie stieg noch etwas in die Höhe und kontrollierte, ob die richtigen Bäume, die mit farbigem Spray markierten, gefällt worden waren. Dann ging sie weiter.

Am Nachmittag würden die Arbeiter die Seilbahn aufstellen, mit der die Stämme ins Tal abtransportiert wurden.

Als sie oberhalb der Fällstelle war, schaute sie ins Tal. Die Männer hatten gute Arbeit geleistet. Sie blickte sich nochmals um, konnte die Forstwarte aber noch immer nirgends sehen. Anrufen wollte sie sie nicht, die hatten ihre Pause verdient.

Da hörte sie einen Schuss. Der Knall kam von ziemlich weit her. Jemand musste auf der anderen Talseite geschossen haben.

Da war wohl einer mit den Wochen durcheinandergeraten. Diese Woche war doch jagdfrei. Oder ein Jäger hatte die Gunst der Stunde genutzt, um konkurrenzlos jagen zu können. Denen war alles zuzutrauen.

Rea stieg den Hang wieder hinunter, aber diesmal am Rand des Holzschlags, das Gehen war dort einfacher. Sie überquerte einen kleinen Bach, der Richtung Tal plätscherte.

Da hatte sie auf einmal das Gefühl, als ob jemand sie beobachten würde. Sie schaute sich um, drehte sich um die eigene Achse. Doch sie sah niemanden. Nur ein Hase, der davonhoppelte. Aber vielleicht spielten ihr die Forstwarte wieder einen Streich. Sie suchte mit den

Augen systematisch das Grün ab. Nichts. Sie ging ein paar Schritte weiter, da stieg ihr ein leicht süßlich-fauliger Geruch in die Nase. Sie lief weiter, der Gestank wurde immer stärker.

Hinter einer dicken Tanne sah sie seinen Ursprung. Ein Rehbock lag auf dem Boden. An einigen Stellen war er angefressen, unter dem Fell schaute das verfaulte Fleisch hervor. An einem Hinterlauf hatte er eine Wunde. Hier musste ihn die Kugel getroffen haben.

Sie rief den Wildhüter an.

»Der muss schon einige Tage hier liegen. Sieht nicht gut aus. Die Wunde war nicht tödlich. Der hat sicher noch ein, zwei Tage gelitten, bevor er verendet ist.« Der Wildhüter, der ziemlich breit und fast einen Kopf kleiner als Rea war, kratzte sich am kahlen Kopf. »Wenn ich den erwische!«

Rea konnte nicht verstehen, wie man so etwas machen konnte. Und dann das Tier einfach liegen lassen.

Ihr Handy klingelte. Die Nummer war unterdrückt. Sie ging ein paar Schritte zur Seite. Der Anrufer konnte nur Mario sein.

»Wo bist du?«, flüsterte sie. »Sie suchen dich.«

»Ich weiß«, sagte Mario. Der Empfang war diesmal besser. »Der Robert und sein Bruder. Sie sind in der Tasna-Hütte. Zum Glück war ich nicht da. Werde mir wohl ein neues Versteck suchen müssen. Hast du etwas herausgefunden?«

Rea seufzte. »Nicht wirklich.«

»Was heißt das?«

Der Wildhüter schaute kurz zu ihr herüber, widmete dann aber seine Aufmerksamkeit wieder dem Bock.

»Einer der Drohbriefe stammte von Leta. Aber sie kann es nicht gewesen sein …«

»Das glaube ich auch nicht«, unterbrach Mario Rea. »Sie kann ja gar nicht schießen.«

»Leta? Ha, und wie die schießen kann. Die hat mit mir zusammen die Jagdprüfung gemacht.«

»Wie bitte? Ich dachte, sie geht nicht auf die Jagd.«

»Geht sie auch nicht. Sie hat mal ein Reh angeschossen, ein Äserschuss, ein Schuss in den Mundbereich. Sie konnten es bei der Nachsuche nicht finden. Erst ein paar Wochen später. Es muss elendiglich zugrunde gegangen sein. Das hat Leta nie überwunden.«

Rea schaute auf den Bock. Wie er dalag, verwundet, angefressen.

»Seither ist sie nie mehr auf die Jagd gegangen«, fuhr Mario fort.

»Aber wieso hat sie mir nicht die Wahrheit …?« Sie hörte ein Hüsteln. Erst jetzt bemerkte Rea, dass der Wildhüter direkt hinter ihr stand.

»Gut, Madlaina, ich ruf dich später zurück.« Sie hängte auf.

Rea war frustriert. Weil sie Mario nicht helfen konnte. Weil es nur eine Frage der Zeit war, bis sie ihn wieder verhafteten. Weil sie nichts tun konnte, bis Madlaina wieder auftauchte. Und weil Leta ihr nicht die ganze Wahrheit gesagt hatte.

»Ich hole den Kadaver später. Jetzt wird erst mal gegessen«, sagte der Wildhüter.

Rea schaute auf den Rehbock und verstand nicht, wie man bei diesem Anblick ans Essen denken konnte.

»Danke, dass du mich benachrichtigst hast.« Und schon war der Mann verschwunden.

Essen. Mittag. Verdammt. Sie musste Luisa abholen.

Sie rannte den Berg hinunter. Zweimal wäre sie beinahe hingefallen. Mit achtzig blochte sie durchs Val Fluors. Sie konnte nur hoffen, dass niemand sonst auf der Straße unterwegs war.

»Schau mal, was ich gefunden habe!« Robert kam mit einer Flasche und zwei Gläsern aus der Hütte. Er entfernte den Korken und hielt sie Bott hin.

Bott roch daran. Es musste Enzianschnaps sein.

»Möchtest du einen Schluck?«, fragte Robert. »Dann können wir uns wenigstens die Zeit vertreiben, wenn dieser Bursche nicht kommt.«

Bott nickte.

Robert füllte die Gläser fast bis zum Rand und gab eines Bott.

»*Viva!*«, sagte Bott.

»*Viva!*« Robert leerte das Glas in einem Zug. »Das tut gut.« Er schenkte sich nochmals ein. »Auf dich, du Gemeindepräsident.«

»Das werden wir noch sehen«, erwiderte Bott und blickte ins Tal. Die Sonne stand hoch am Himmel und ließ die Berge ganz flach wirken.

»Jetzt tu nicht so bescheiden, das passt gar nicht zu dir.« Robert nahm einen großen Schluck. »Aber gib zu, du bist doch nur wegen Corina zurückgekommen. Dir geht es gar nicht um das Amt, sondern die Jugendliebe hat …«

»Erzähl keinen Quatsch!« Bott nahm erneut einen Schluck. Der Schnaps schmeckte bitter.

»Aber da läuft doch etwas zwischen euch.«

»Corina ist meine Wahlkampfhelferin.« Er fragte sich, wo Robert wohl diese Vermutung herhatte.

»Ach so nennt man das jetzt. Und was sagt Karin dazu?«

»Nichts.«

»Sie weiß es gar nicht?« Robert leerte das Glas.

»Bin ich blöd?«

»Nein, im Gegenteil. Du warst immer der Intelligentere von uns zweien.« Robert kippte das Glas, doch es kam nur noch ein Tropfen. Er griff zur Flasche.

»Trink nicht so viel«, ermahnte ihn Bott.

»Wieso nicht? Darf ich mir nicht mal dir zu Ehren einen genehmigen? Auf meinen großen Bruder. Meinen intelligenten, gut verdienenden Bruder. Der jede haben kann.«

»Jetzt hör aber auf. Bist du etwa eifersüchtig? Du wolltest doch hierbleiben. Glaubst du, mir ist alles immer nur zugefallen?«

»Ja, das denke ich. Die Frau, die Kinder, das Geld, das Haus.«

»Ich habe dafür hart arbeiten müssen.«

»Und was mache ich? Ein bisschen in der Schreinerei herumstehen? Ich musste schon während der Lehre arbeiten, während der Herr Bruder studieren durfte.«

»Meinst du, so ein Studium ist ein Spaziergang?«

»Ein bisschen über den Büchern sitzen? Da kommst du ja nicht mal ins Schwitzen.«

»Du hast keine Ahnung.«

»Und dann verlangst du dreihundert Franken in der Stunde, um im weißen Hemd und mit Krawatte an deinem Schreibtisch zu sitzen und ab und zu ein Papier zu lesen.«

Bott schüttelte den Kopf. Das war wieder typisch Robert und wie er die Welt sah.

»Aber weißt du, was ich am wenigsten verstehe?«

Bott schwieg.

»Wieso du nicht in deiner Stadt geblieben bist. Wir brauchen dich nämlich hier gar nicht.«

»Das hast zum Glück nicht du zu entscheiden.«

»Vielleicht interessiert es aber Karin, dass du mit Corina rum…«

»Halt's Maul!« Bott stieß ihn unsanft gegen die Schulter.

»Du willst es tatsächlich mit mir aufnehmen?« Robert erhob sich, schwankte und knickte in den Knien wieder ein. Er wurde ganz blass. »Ich hab wohl etwas zu viel getrunken.«

»Ich glaube, du solltest dich etwas im Schatten hinlegen.«

»Und wenn der Bursche kommt?«

»Ich halte Wache.« Bott erhob sich und streckte Robert die Hand hin, um ihm aufzuhelfen.

»Lass, das kann ich noch allein.« Robert stand auf und torkelte in die Hütte.

Rea sah Luisa schon von Weitem. Sie stand mit der Kindergärtnerin vor dem Haus, in dem der Kindergarten untergebracht war, und wartete. Als sie den Subaru erkannte, zupfte Luisa die Kindergärtnerin am Ärmel und zeigte mit dem Finger in ihre Richtung.

Rea stieg aus und entschuldigte sich. Die Kindergärtnerin meinte, das könne mal passieren. Die junge Frau war nett und verständnisvoll, doch in ihren Worten schwang ein warnender Ton mit, dass es nicht noch einmal passieren sollte. Sicher führten sie eine Liste, welches Kind wann zu spät abgeholt worden war.

Sie fuhren nach Hause.

Was sollte sie mit Luisa am Nachmittag tun? Sie musste nochmals zum Holzschlag, sich mit dem Seiler treffen. Da konnte sie Luisa unmöglich mitnehmen.

Als Rea die Wohnungstür aufschloss, klingelte ihr Handy. Es war Madlaina.

»Rea, es tut mir sehr leid. Meine Nachbarin, sie ist über achtzig und hat es mit dem Herzen. Ich habe sie mitten in der Nacht ins Spital fahren müssen. Und dabei habe ich euch beide ganz vergessen. Es tut mir wirklich schrecklich leid.«

»Aber das ist doch nicht schlimm, Madlaina.« Rea atmete auf. »Mach dir keine Sorgen. Kannst du Luisa eventuell heute Nachmittag nehmen, oder musst du nochmals ins Spital?«

»Aber selbstverständlich kann ich sie nehmen«, antwortete Madlaina.

»Dann bringe ich sie um eins vorbei?«

»Das ist perfekt. Ich freue mich.«

Luisa stand neben Rea und sah sie fragend an. »Ist sie wieder da?«

»Ja, zum Glück.« Rea eilte in die Küche und suchte nach etwas, aus dem sie ein Mittagessen zubereiten könnte. Im Kühlschrank hatte es noch drei Eier.

»Heute gibt es Omelett«, rief sie Luisa zu. »Die magst du doch so gerne.«

Doch sie erhielt keine Antwort.

Madlaina stand bereits vor der Haustür, als sie die Auffahrt zum Haus hochfuhren. Luisa wollte zuerst nicht aussteigen. Rea brauchte ein paar Minuten, um sie zu überreden. Dann rannte Luisa an Madlaina vorbei geradewegs ins Haus.

Madlaina entschuldigte sich ein zweites Mal und sagte, wie leid es ihr tue.

»Kann ich dich kurz sprechen?«, fragte Rea.

»Aber sicher.«

»Ich möchte die Briefe gerne nochmals sehen.«

»Das geht leider nicht, die habe ich der Polizei übergeben.«

»Ich dachte, du wolltest sie nicht ...«

»Irgendjemand muss ihnen davon erzählt haben.« Sie schaute Rea schweigend an.

Rea schüttelte den Kopf. »Also, ich habe nichts erzählt.«

»Das habe ich auch nicht gesagt.«

»Weißt du etwas von einer Erpressung?

»Du meinst wegen der Hirschkuh und dem Kalb, das er geschossen haben soll?« Madlaina lachte. »Das war der Robert, der versucht hat, meinen Mann zu erpressen. Lächerlich. Dabei hat es gar nicht gestimmt. Remo hat keine Hirschkuh geschossen. Er hat nur einen Witz gemacht. Und Robert hat es für bare Münze genommen, dieser Trottel. – Aber ich kann mir auch nicht vorstellen, was die Erpressung mit Remos Tod zu tun haben soll. Man bringt ja nicht die Person um, die man erpressen will.«

»Da hast du natürlich recht.« Rea ärgerte sich. Da war sie ja schon selber draufgekommen. Aber wieso hatte Mario ihr das überhaupt erzählt? Ihm war offenbar jedes Mittel recht, um sie auf eine andere Fährte zu lenken. Offenbar wollte er sie zum Narren halten.

7

»Musst du nicht nach Hause?«, fragte Corina und strich Bott mit den Fingernägeln über den Rücken. Draußen war es bereits am Eindunkeln.

Hühnerhaut bildete sich auf Botts Armen. »Wie spät ist es denn?«

»Halb acht.«

»Schon!« Er sprang aus dem Bett und zog sich rasch an.

Corina blieb liegen.

»Ich geh dann mal«. Er schob das Hemd in die Hose. »Und du telefonierst mit den Investoren?«

»So kannst du aber nicht gehen.« Sie räkelte sich aus dem Bett, stellte sich vor ihn hin und knöpfte langsam sein Hemd wieder auf.

Er griff nach ihrer Hand. »Nein, Corina nicht. Ich muss nach Hause.«

»Jetzt warte doch. Sei nicht so ungeduldig. Du hast einen Knopf ausgelassen. Wie sieht das denn aus?«

»Und du meinst, sie werden nicht abspringen?«

»Nicht, wenn nicht noch ein Artikel erscheint und wenn Mario bald gefasst wird. Es hat sich übrigens noch ein Journalist der *Südostschweiz* bei mir gemeldet. Aber den kann ich abwimmeln.« Das Hemd war nun offen. Sie strich ihm über die Brust.

»Verdammt. Und was macht eigentlich die Polizei?« Er verscheuchte ihre Hand.

»Die waren heute den ganzen Tag im Dorf unterwegs und haben Leute befragt. Aber Mario hält sich wohl nicht im Dorf auf.« Sie begann, das Hemd wieder zuzuknöpfen. »Ist offenbar einfacher, hier zu suchen, als oben in den Bergen.«

»Du sagst es.« Er dachte an Robert und ihren Ausflug. Am Nachmittag hatte er Robert geweckt. Seine Laune war nicht besser geworden. Im Gegenteil. Wenigstens hatte er es alleine den Berg hinuntergeschafft. Auf Corina hatte er Bott nicht mehr angesprochen. Auch Bott vermied das Thema. Vielleicht hatte Robert das ja nur im Suff gesagt und wieder vergessen. Lieber keine schlafenden Hunde wecken. »Und was ist mit dieser Försterin? Hast du mir ihr gesprochen? Weiß sie, wo Mario ist?«

»Nein, aber ich habe etwas Interessantes herausgefunden. Sie schnüffelt herum. Sie hat sich bei Madlaina nach den Drohbriefen erkundigt.«

»So, hat sie?« Bott kratzte sich am Kinn.

»Ich habe Grond gesagt, er solle ihr drohen, sie zu entlassen, wenn sie nochmals zu spät kommt. Die soll sich um ihr Kind kümmern und nicht in der Gegend herumspionieren.«

»Entlassen, damit sie noch mehr Zeit zum Rumschnüffeln hat? Tolle Idee!«

»Du meinst, es war falsch?«, fragte Corina.

»Bring das gefälligst wieder in Ordnung. Aber subito!«, sagte Bott, zog seine Schuhe an und verließ Corinas Schlafzimmer.

Kaum hatte Bott sein Haus betreten, klingelte das Telefon. Er ging in sein Arbeitszimmer und nahm ab.

»Wo warst du?«, fragte Karin. »Ich hab dich mehrmals auf deinem Handy angerufen. Den ganzen Tag habe ich dich nicht erreichen können.«

»Ich war mit Robert in der Tasna-Hütte. Und da gibt es keinen Empfang. Hab ich dir das nicht gesagt?«

»Nein, hast du nicht. Und was habt ihr da gemacht?«

»Wir haben gespiegelt für nächste Woche. Damit wir wissen, wo sich das Wild aufhält.«

»So lange?«

»Robert hat in der Hütte eine Flasche Schnaps gefunden. Du kennst ja meinen Bruder. Deshalb hat der Abstieg auch länger als üblich gedauert.«

»Ach so.« Karin klang beruhigt.

»Aber wieso hast du mich gesucht? Ist was passiert?« Sie suchte ihn wirklich immer im dümmsten Moment.

»Ja, allerdings. Sie haben Tomi heute Morgen in der Schule beim Rauchen erwischt.«

»Karin, er ist sechzehn. Ich habe damals auch …«

»Beim Rauchen eines Joints.«

»Oha«, sagte Bott und strich sich übers Kinn. »Das ist nicht gut.« Er sah schon die Schlagzeile: *Sohn des Kandidaten fürs Gemeindepräsidium kifft.*

»Er hat eine Verwarnung bekommen«, fuhr Karin fort. »Das nächste Mal fliegt er von der Schule.«

»Hast du mit ihm darüber gesprochen?« Bott setzte sich auf den Sessel und streckte die Beine aus. Auf einmal fühlte er sich müde.

»Ich hab's versucht, aber er mauert.«

»Soll ich nach Hause kommen und mit ihm sprechen?«, fragte Bott in der Hoffnung, dass sie Nein sagen würde.

»Ich weiß nicht. Nein, es geht schon.«

Bott atmete auf. »Ruf an, wenn was ist. Ich spreche am Wochenende mit ihm, wenn ihr herkommt.«

»Ich weiß nicht, ob er mitkommt.«

»Das hat nicht er zu bestimmen.«

»Und du bleibst die ganze Woche?«, fragte Karin.

»Ja, äh, ich muss hier noch Verschiedenes regeln wegen meiner Kandidatur.«

»Ach so. Brauchen sie dich denn nicht in der Kanzlei?«

»Nicht, wenn man tüchtige Mitarbeiter hat und delegieren kann.« Er versuchte, locker und fröhlich zu klingen. »Aber ruf an, wenn etwas ist.«

»Das mach ich.«

Luisa lag im Bett und hielt den frisch gewaschenen Giacumin im Arm.

»Gute Nacht, meine kleine Luisa.«

»Liest du mir noch etwas vor?«

Rea schaute auf die Uhr. »Es ist schon spät, Luisa, du musst jetzt schlafen.«

»Kann ich morgen wieder zu Madlaina?«

»Aber klar.« Rea küsste sie auf den Scheitel. »Kommst du jetzt besser mit ihr aus?«

»Nein, nicht unbedingt.« Luisa machte ein Gesicht, wie wenn sie in eine saure Zitrone gebissen hätte.

»Wieso willst du denn zu ihr gehen?«

»Ich weiß auch nicht.«

»Nun sag schon. Hat sie schöne Spielsachen?«

»Ich bin müde.« Luisa drehte sich zur Wand.

»Gut, dann schlaf mal schön.« Rea löschte die Nachttischlampe.

Da soll jemand aus Kindern klug werden, dachte Rea, als sie sachte die Tür hinter sich zuzog. Luisa wollte zu Madlaina gehen, obwohl sie sie nicht mochte. Vielleicht spürte Luisa ihre Trauer und konnte nicht damit umgehen.

Rea überlegte, ob sie Leta anrufen sollte. Doch was sollte sie sagen? Sie könnte sie fragen, warum sie sie bezüglich der Jagd angelogen hat. Aber ändern würde das nichts. Sie traute Leta nicht zu, Florineth umgebracht zu haben. Schon gar nicht auf eine so grausame Weise.

Die Türglocke ging. Rea hoffte, dass Luisa nicht davon aufgewacht war, und öffnete behutsam die Wohnungstür.

»Kann ich kurz reinkommen?«, fragte Leta und schaute über ihre Schulter, wie wenn sie verfolgt würde. Doch hinter ihr standen nur parkierte Autos, erhellt von den Straßenlaternen. Sie trug wie immer ihre schwarze Lederjacke.

»Und wieso?«

»Ich möchte mich entschuldigen.«

»Du dich entschuldigen?« Rea musste lachen.

»Ich meine es ernst, sehr ernst.«

»Gut, aber sei leise, Luisa schläft.« Rea trat von der Türe weg.

»Geht es ihr gut?«

Rea nickte. Sie ging voraus in die Küche. Leta folgte ihr und setzte sich hin.

»Was willst du?«, fragte Rea und räumte das auf dem Tisch stehende Geschirr ab.

»Ich möchte mich entschuldigen. Habe ich ja bereits gesagt.«

»Geht es noch etwas genauer?« Rea nahm einen Lappen und wischte über das bunte Plastiktischtuch.

»Weil ich so schroff war vor ein paar Tagen. Aber wie kannst du nur denken, die Tierschützer hätten Florineth ermordet?«

»Haben sie das denn nicht?« Rea trocknete den Tisch mit einem Tuch.

»Jetzt fängst du schon wieder damit an.« Leta schüttelte den Kopf.

»Und wieso hast du mir gesagt, dass du nicht schießen kannst? Du hast sogar die Jagdprüfung gemacht.«

»Ich habe nur gesagt, ich habe kein Gewehr und gehe nicht auf die Jagd. Aber woher weißt du …«

»Mario.«

»Der gute Mario.«

»Und wieso gehst du nicht mehr auf die Jagd?«

»Weil ich nichts mehr mit der Jagd zu tun haben will.« Leta malte mit dem Finger unsichtbare Kreise auf das Plastiktischtuch. »Ich habe mal einen Fehler gemacht. Da war ein Reh. Es hat sich schön von der Seite gezeigt. Ich habe es anvisiert und abgedrückt. Doch eine Hundertstelsekunde vorher hat es irgendwo im Wald geknallt. Das Reh hat sich bewegt. Mein Schuss hat es am Äser getroffen. Ich wollte zum Nachschuss ansetzen, aber da ist es bereits hinter dem nächsten Baum verschwunden. Ich habe natürlich gleich die Hunde bestellt. Aber das Reh war schon über alle Berge. Ein paar Wochen später hat es der Wildhüter gefunden. Sein Kiefer war verletzt. Es konnte nicht mehr fressen und ist kläglich verendet. Es muss jämmerlich gelitten haben.«

»Mario hat mir davon erzählt.«

»Gut, dann weißt du ja alles.«

»Ich glaube nicht, dass es dein Fehler war. Das kann doch jedem …«

»Ich bin nicht jeder. Ich habe mir das nie verziehen.« Leta senkte den Kopf.

Rea hätte sie gerne getröstet, wusste aber nicht, was sie sagen sollte.

»Ich wollte dir noch etwas anderes sagen.« Leta starrte auf das Tischtuch.

Rea ging zum Kühlschrank. »Möchtest du ein Bier?«

Leta nickte. Sie griff nach der Dose, die ihr Rea hinhielt, riss sie auf und nahm gierig einen Schluck, bevor sie weiterfuhr. »Also, wenn …« Sie drehte die Dose zwischen den Fingern.

»Ja?«

»Wenn du jemanden für Luisa brauchst. Ich würde gerne wieder …«

»Madlaina passt jetzt auf sie auf.«

»Madlaina?«

»Wieso nicht?«

»Traust du der?«

»Sie ist immer sehr nett.«

»Und Luisa?«

»Die ersten zwei Tage hatte sie etwas Mühe. Die Umstellung. Aber seit heute geht sie gerne hin.«

»Dann ist ja gut.«

»Was hast du gegen Madlaina?«

Leta steckte den Öffner, der von der Dose abgebrochen war, wie einen Ring an ihren Finger und betrachtete ihre Hand. »Sie ist mir nicht geheuer.«

»Sie hat ihren Mann verloren.«

»Eben, das ist es ja. Von Trauer keine Spur. Hütet noch fremde Kinder.«

»Bist du eifersüchtig? Jeder trauert doch anders. Und vielleicht ist Luisa auch eine willkommene Ablenkung für sie.«

»Vielleicht.« Leta leerte die Bierdose und zerdrückte sie. »Ich geh dann mal.« Sie stand auf und verließ die Küche. »Wir sehen uns.«

8

Die Woche verging wie im Flug. Vielleicht hatte es damit zu tun, dass nichts geschah. Oder dass ausnahmsweise nichts schieflief. Grond war ungewöhnlich zuvorkommend. Sogar, als Rea einmal zu spät kam, sagte er nichts, sondern begrüßte sie freundlich. Luisa ging je länger desto lieber zu Madlaina und war auch sonst ziemlich pflegeleicht.

Die Welt hätte wieder in Ordnung sein können. Wären da nicht der tote Florineth und Mario gewesen, der sich immer noch in den Bergen versteckte.

Rea war mit ihren Nachforschungen nicht weitergekommen. Grond hatte sie so mit Arbeit überhäuft, dass sie am Abend immer todmüde ins Bett sank. Und alle Spuren hatten sich im Sand verlaufen. Weder mit der Erpressergeschichte noch mit den Drohbriefen war sie weitergekommen. Andere Hinweise hatten sich nicht aufgetan. Aber da war noch etwas anderes, das Rea zwar immer wieder zu verdrängen suchte: Mario hatte sich schon eine ganze Woche nicht mehr gemeldet. Und je länger sie nicht von ihm hörte, desto weniger sicher war sie, ob er tatsächlich unschuldig war.

Das einzig Neue war dieses Plakat, das überall am

Straßenrand aufgestellt war. Der Kopf von Andri Bott vor hellblauem Hintergrund. Darunter der sinnige Spruch: *Ein Mann für Zuort.*

Bott wollte also wirklich die Nachfolge von Florineth antreten.

Nach einer Woche Pause setzte die Jagd wieder ein. Dies wurde Rea bewusst, als sie am Morgen die Wildschutzzäune kontrollierte. Schüsse hallten durch den Wald und wurden laut wie in einem geschlossenen Raum zurückgeworfen. Sie kamen aus allen Himmelsrichtungen. Offenbar hatte sich das Wild durch die einwöchige Pause wieder in die Niederungen vorgewagt.

Rea blickte an sich hinunter. Sie hatte nicht nur die orange Warnweste angezogen, sondern auch die orange Hose. Sicher war sicher.

Wieder ertönte ein Schuss. Aus nächster Nähe. Sie fuhr zusammen. Im nächsten Moment hörte sie eine Männerstimme jubeln.

»Ich hab sie, ich hab sie!«

Die Stimme kam Rea bekannt vor. Sie ging über die Lichtung, den Wald hinab. Hinter dem nächsten Hügel sah sie Andri Bott, wie er vor einer Hirschkuh kniete und ihr über den Kopf strich. Sie war nicht sicher, aber es sah aus, als habe er Tränen in den Augen.

Bott stand auf, Rea duckte sich reflexartig. Eine zweite Gestalt kam hinzu. Die beiden gaben sich die Hand. Rea konnte das Gesicht nicht erkennen, doch es musste Botts Frau sein. Dann umarmten sich die beiden grünen Gestalten, sodass es aussah, als verschmolzen sie ineinander. Sie küssten sich heftig. Nach ein paar Minuten lösten sie sich aus ihrer Umarmung.

Schön, wenn man nach so vielen Ehejahren noch so leidenschaftlich sein konnte, dachte Rea. Dann drehte sich die Frau um. Es war gar nicht Botts Frau. Die hatte nicht so leuchtend helle Stecknadelaugen. Es war die Gemeindeschreiberin. Rea ging in der Hocke rückwärts. Sie wollte nicht entdeckt werden. Das wäre ihr zu peinlich. Da knackte ein Ast hinter ihr. Sie wollte sich umdrehen, doch da hielt ihr bereits jemand den Kopf fest und presste ihr die Hand auf den Mund. Die andere Hand legte sich um ihren Hals.

»Hast du das gehört?«, fragte Corina.

»Was?«, fragte Bott, ohne den Kopf zu heben, und machte sich daran, die Hirschkuh aufzubrechen.

»Da war doch was!«

»Wo war was?« Er schnitt weiter.

»Hinter den Bäumen da.«

»Keine Ahnung. Vielleicht ein Fuchs?« Er nahm die Innereien heraus.

»Den hätten wir durch den Schuss erschreckt. Nein, ich glaube, da war jemand und hat uns beobachtet.«

»Wirklich?« Bott hielt inne und blickte auf seine blutigen Hände. »Meinst du, jemand hat uns beobachtet?« Er schaute nervös in alle Richtungen.

»War vielleicht doch keine so gute Idee, zusammen auf die Jagd zu gehen. Ich wusste, dass wir nicht anständig sein können.« Corina machte ein paar Schritte auf ihn zu, schaute ihn an und griff ihm zwischen die Beine.

Bott wollte sie abwehren, doch seine Hände waren voller Blut. Er trat einen Schritt zurück. Aber Corina ließ nicht los.

»Da hast du recht.« Er strich ihr mit dem Handrücken über die Wange und hinterließ eine rote Spur.

»Wenn du Gemeindepräsident wirst, dann wird alles anders. Dann brauchen wir uns nicht mehr zu verstecken.«

»Was ist eigentlich mit dem Journalisten der *Südostschweiz*, der etwas über Mario schreiben wollte? Konntest du ihn abwimmeln?«

»Ich bin dran, mach dir keine Sorgen.«

»Wir müssen diesen Mario kriegen. Das kann nicht so weitergehen.«

Rea warf den Kopf hin und her und versuchte mit beiden Händen, die fremde Hand wegzuziehen, doch es gelang ihr nicht. Dann versuchte sie, mit den Ellbogen nach hinten zu schlagen, aber sie zielten ins Leere, und sie landete auf dem Hosenboden. Dabei hielten die Hände sie immer noch fest. Tränen stiegen ihr in die Augen. Sie blickte in den Himmel, sah einen Eichelhäher davonfliegen.

War's das jetzt? War das nun alles gewesen? Und was wurde aus Luisa? Würde Leta sich trotzdem um sie kümmern, wenn Rea nicht mehr da war? Auch wenn sie sich verkracht hatten? Sie konnte jetzt nicht sterben. Es passte nicht. So vieles wollte sie noch in Ordnung bringen. Später, wenn sie mal Zeit hatte. Neues Geschirr kaufen. Die Wohnung einrichten. Sie konnte jetzt nicht sterben.

Der Griff lockerte sich.

»Psst, sei still«, flüsterte ihr jemand ins Ohr.

Sie kannte die Stimme. Langsam löste sich die Hand.

»Ich wollte dich nicht erschrecken«, sagte Mario.

Rea drehte sich um und blickte in Marios Gesicht. Sein roter Bart war länger geworden. Sie wusste nicht, ob sie lachen oder weinen sollte. Dann hob sie den Arm und wollte ihm in die Schulter boxen. Er fing den Schlag ab und hielt sie fest. Dann nahm er sie in die Arme.

»Du Idiot!« Tränen liefen ihr herunter. Sie löste sich aus seiner Umarmung und wischte sich mit dem Ärmel über das Gesicht. »Wieso musst du mich auch immer so erschrecken? Das ist schon das dritte Mal!«

»Es tut mir leid«, sagte Mario, »aber ich wollte nicht, dass sie uns entdecken. Komm, wir müssen hier weg.« Er zog sie den Hang hinunter ins Dickicht.

»Wieso hast du dich nicht mehr gemeldet?«, fragte Rea und wischte sich die Tannennadeln vom Hintern.

»Ich hatte keinen Empfang.«

»Und was machst du überhaupt hier? Das ist doch gefährlich.«

»Dieser Bott darf nicht gewählt werden.«

»Wieso nicht?«

»Das ist eine längere Geschichte. Wir müssen verhindern, dass Bott Gemeindepräsident wird, und ich weiß jetzt auch …«

»Mario, hör bitte auf mit deinen Geschichten«, unterbrach sie ihn.

»Was meinst du mit Geschichten?« Er schaute sie erstaunt an.

»Ich, ich … Ich weiß nicht, wie ich es dir sagen soll.«

»Du glaubst, ich habe Florineth erschossen.«

»Nein, das glaube ich nicht! Aber zurzeit ist mir alles zu viel. Luisa, die Arbeit. Und ich möchte da nicht in etwas hineingezogen werden.« Rea schaute zu Boden.

»Okay, ich verstehe. – Ich muss gehen.« Und schon war er weg.

Rea schaute noch lange die Bäume an, hinter denen er verschwunden war.

Bott stand unter der Dusche, als das Telefon klingelte.

Das war sicher Karin. In letzter Zeit rief sie ihn regelmäßig an, als ob sie ihn kontrollieren wollte. Da musste er rangehen.

Sie verstand nicht, dass er die zweite Jagdwoche auch noch in Zuort verbringen wollte.

Rasch spülte er den Schaum vom Kopf, griff nach einem Badetuch und rubbelte die Haare. Dann rannte er ins Wohnzimmer. Er hinterließ eine nasse Spur auf dem Boden.

»Ja?«, meldete er sich leicht außer Atem.

»Wo hast du denn gesteckt?« Es war Corina.

»Ich wollte in Ruhe eine Dusche nehmen.«

»Da heißt, du bist nackt?«

Bott ging nicht auf ihre Bemerkung ein. »Wieso rufst du an?«

»Ich habe soeben mit diesem Journalisten von der *Südostschweiz* telefoniert, einem Simon Peter. Er kommt morgen früh nach Zuort. Ich konnte es nicht verhindern.«

»Kannst du ihn nicht dazu bringen, nicht nochmals über Florineths Tod zu schreiben? Das vertreibt uns die ganzen Investoren.«

»Es gibt in diesem Land so etwas wie die Pressefreiheit. – Immerhin hat er sich angemeldet.«

»Du musst deinen Charme einsetzen.«

»Meinst du, das hätte ich nicht versucht? Der ist resistent. Steht vielleicht auf Männer.«

»So ein Mist, ein blöder.« Bott war froh, wenn die Wahlen endlich vorbei waren. Dann konnte er Corina entlassen. Die bekam einfach gar nichts gebacken. »Du lässt diesen Typ keine Sekunde aus den Augen!«

»Okay, ich werde ihn begleiten. Stehst du nun für ein Interview zur Verfügung?«

»Hab ich eine Wahl?«

»Nein, die hast du nicht.« Sie legte auf.

Bott warf das Telefon aufs Sofa.

»Wie war es bei Madlaina?« Rea stellte die Einkaufstaschen auf den Küchentisch.

»Prima!«, antwortete Luisa und kramte in ihrer

Umhängetasche. »Sie hat für mich schwarzes Papier gekauft.« Sie hielt einen Zeichenblock in die Höhe.

Schwarzes Papier? Rea erinnerte sich, dass Luisa sie vor ein paar Tagen danach gefragt hatte. Doch sie hatte vergessen, es zu besorgen.

»Wieso muss es eigentlich unbedingt schwarz sein?« Rea nahm Äpfel und Bananen aus der Tasche und arrangierte sie auf einem Teller.

»Für die weiße Geiß natürlich. Soll ich dir ein Geheimnis verraten?« Ohne eine Antwort abzuwarten, fuhr sie fort. »Madlaina hat auch eine weiße Geiß.«

»Madlaina hat Geißen? Bist du sicher? Sind die nicht vom Nachbarn?«

»Nein, es ist ihre.«

»Und wo ist die? Madlaina hat doch den Stall zum Wohnhaus ausgebaut.« Sie legte die Butter in den Kühlschrank.

»Im Treppenhaus.«

»Madlaina hat eine Geiß im Treppenhaus?« Rea stellte einen Topf mit Wasser auf den Herd.

»Ja! Und weißt du was?«

»Keine Ahnung.« Rea packte Salat, Eier und Joghurt in den Kühlschrank.

»Sie spricht mit mir.«

Sie gab etwas Salz ins Wasser, das bereits leicht sprudelte. »Wer, Madlaina?«

»Nein, die Geiß.« Luisa lachte.

 »So, so, eine sprechende Geiß.«

Luisa nickte. Ihr Gesicht wurde ernst.

Rea nahm Teigwaren aus Kühlschrank und gab sie

ins siedende Wasser. Als sie den leeren Brotkorb betrachtete, wusste sie, was sie vergessen hatte. Dann würde es eben Müesli zum Frühstück geben.

»Wie die im Wald. Aber sie ist nicht mehr ganz.«

»Wie meinst du das?« Rea deckte den Tisch.

»Was gibt es heute zum Znacht?«

»Tortelloni. Wie war das mit der halben Geiß?«

»Sie hat nur einen Kopf. Der hängt an der Wand.«

»Ach so.« Rea überlegte. »Aber das ist keine Geiß, die bei Florineths im Treppenhaus hängt.«

»Nicht?«

»Das ist eine weiße Gämse.«

»Was ist da der Unterschied?«

»Die Gämse lebt oben in den Felsen und ist ein Wildtier. Die Geiß lebt beim Bauern und ist ein Hoftier.« Rea nahm eine Kelle aus der Schublade und löste die Teigwaren, die am Boden der Pfanne klebten.

»Heute war die … Gämse ganz traurig«, fuhr Luisa fort.

»Wieso?« Rea putzte den Salat.

»Sie hat gesagt, dass etwas Schlimmes passieren wird.«

Rea hörte, wie sich Luisa schnäuzte, legte das Messer beiseite und wandte sich ihr zu. »Luisa, was stellst du dir nur immer vor?«

»Jemand wird sterben, hat sie gesagt.« Tränen liefen Luisa über das Gesicht und tropften auf den Pullover.

Rea strich ihr über den Kopf und drückte sie an sich. »Es wird niemand sterben, ich versprech's. Alles wird gut.«

Luisa schluchzte.

Was war nur los mit dem Kind? Madlaina hatte ihr wohl Angst gemacht. Rea musste unbedingt mit ihr sprechen.

»Ist Diana schon wach?«, fragte Luisa.

Madlaina nickte, und Luisa rannte an ihr vorbei zur Treppe.

»Diana?«, fragte Rea.

»Die weiße Gämse. Remo hat sie so getauft. Aber komm doch herein.« Madlaina bat sie in die Stube. Rea wollte ihre Waldschuhe ausziehen.

»Lass nur an, ich habe noch nicht geputzt. Worüber möchtest du mit mir sprechen?« Sie setzten sich hin.

»Über Diana.«

»Wie?« Madlaina erhob sich. »Bitte entschuldige, ich bin so unhöflich. Möchtest du einen Kaffee?«

»Nein danke, ich habe eben einen gehabt«, log Rea. Für einen Kaffee daheim hatte die Zeit nicht mehr gereicht. Und sie wollte so schnell wie möglich hier weg.

Madlaina setzte sich wieder hin. »Und was ist mit Diana?«

»Luisa spricht mit der ausgestopften Gämse?«

»Sie ist doch ein Kind. Mit ihrem Teddybären spricht sie ja auch.«

»Und worüber spricht sie mit der Gämse?«

»Keine Ahnung. Sie erzählt ihr Geschichten, plaudert mit ihr, was weiß ich?«

»Sie hat gestern Abend geweint, weil ihr die Gämse erzählt haben soll, dass jemand sterben wird.«

»Oje! Ich habe keinen blassen Schimmer, woher sie

das hat. Das tut mir sehr leid. Ich werde sie nicht mehr ins Treppenhaus lassen.«

»Ja, das ist wohl besser so.« Rea stand auf. »Ich muss zur Arbeit.«

»Es tut mir wirklich leid«, wiederholte Madlaina, als Rea sie in der Stube verabschiedete.

Rea trat in den Gang und ging auf Luisa zu, die der weißen Gämse, die an der Wand hing, mit dem Finger über den Windfang, die Nase des Tieres, fuhr. »Das ist also Diana.«

Luisa nickte und strahlte.

»Komm, Luisa, ich habe etwas für dich. Neue Farbstifte«, hörte sie Madlaina rufen.

»Neue Farbstifte!« Luisa gab Rea einen Kuss und rannte den Gang hinunter in die Stube.

Das Geräusch war ohrenbetäubend. Reflexartig setzte Rea den Gehörschutz auf. Sie schaute nach oben. Zwischen den Baumkronen sah sie einen Helikopter, der wie ein großes Insekt über dem Wald schwebte. Er schleifte ein Seil mit.

»Wer hat den Helikopter bestellt?«, schrie sie die Forstarbeiter an.

»Ich«, sagte Flurin und schaute sie herausfordernd an.

»Weißt du, was das kostet?«

Er schüttelte den Kopf.

»Und dann noch während der Jagd! Die Jäger reißen mir den Kopf ab. Der hat doch das ganze Wild vertrieben.«

»Aber der Baum lag so quer, es war einfach nicht möglich …«

»Du kannst ihn wieder abbestellen«, rief sie Jörg zu, der ein Funkgerät in der Hand hielt.

»Okay.« Er sprach etwas in das Gerät, das Rea nicht verstand.

Flurin stapfte davon.

»Wo gehst du hin?«, fragte ihn Rea.

»Ich muss mal. Willst du etwa mitkommen?«

»Wir sind noch nicht fertig mit der Arbeit.«

»Möchtest du, dass ich mir in die Hosen …« Er verschwand hinter einem Baum.

Der Helikopter drehte ab und entfernte sich. Der Pilot schien Jörgs Nachricht erhalten zu haben. Das Geräusch der Rotorblätter wurde immer leiser, bis es nicht mehr zu hören war. Plötzlich durchdrang ein Schrei die Stille. Er kam aus der Richtung, wo Flurin verschwunden war.

»Flurin, was ist?«, rief Rea in seine Richtung.

»Der hat sich sicher in eine Brennnessel gehockt«, sagte Jörg, der neben sie trat.

Rea wollte zuerst nachschauen, überlegte es sich aber anders. Sie wollte Flurin nicht mit heruntergelassener Hose überraschen.

Dann hörte sie Schritte, Äste knackten, das Laub bewegte sich. Im nächsten Moment trat Flurin aus dem Dickicht heraus. Sein Gesicht fast weiß. Er stammelte unverständliches Zeugs, zeigte ins Dickicht. Rea nickte Jörg zu. Zusammen zwängten sie sich durch die Büsche. Dann erstarrten beide. Da hing ein blutiges Bündel an einem Ast. Es sah noch grauenvoller aus als beim letzten Mal.

»Er ist nicht gekommen.« Corinas Stimme am Telefon klang ziemlich aufgeregt.

Bott legte die *Neue Zürcher Zeitung* zur Seite. Das Mittagessen stand noch auf dem Tisch. »Wer?«, fragte er ungeduldig.

»Der Journalist natürlich.« Corina klang gereizt.

Hatte die wieder eine Laune. Es war wirklich an der Zeit, dass …

»Hast du etwas unternommen?«, unterbrach Corina seine Gedanken.

»Nein, wie sollte ich? Ich weiß nicht mal, wie er heißt.«

»Simon Peter. Das habe ich dir doch gesagt.«

»Keine Ahnung. Vielleicht kommt er ja noch.« Er goss sich noch etwas Kaffee nach.

»Er hätte vor zwei Stunden da sein müssen.«

»Na und? Die kommen doch immer zu spät, die Journalisten. Jetzt beruhig dich mal wieder. Und wenn er nicht kommt, dann umso besser.«

»Du hast recht«, sagte Corina.

Ohne sich zu verabschieden, hängte er auf und nahm die Zeitung wieder zur Hand. Da klingelte das Telefon schon wieder.

»Ja, was ist jetzt noch?«, fragte er schroff.

»Tomi ist von der Schule geflogen«, antwortete Karin.

»Ach, du bist es. Was? Tomi? Wieso?«

»Wen hast du denn erwartet?«

»Und wieso ist er …?«

»Sie haben ihn schon wieder erwischt. Beim Kiffen.«

»Dieser blöde Löli …«

»Ich möchte, dass du nach Hause kommst, Andri.«

»Das geht jetzt leider überhaupt nicht.« Bott dachte an den Journalisten. »Ich bin hier mitten im Wahlkampf. Aber ich habe eine Idee. Schick den Burschen zu mir rauf.«

»Ich denke nicht, dass er nach Zuort kommen wird.«

»Hat er denn eine Wahl?« Bott nahm wieder die Zeitung hervor, doch das Lesen war ihm vergangen.

Der Körper war genau wie der von Remo Florineth kopfüber an einem Baum aufgehängt. Vorne war er aufgerissen, das Fleisch hing in Fetzen herunter, das Glied wieder aufgeschlitzt, Blut rann über die Arme des Toten und tropfte von den Händen auf den Waldboden. Er hatte dunkle kurze Haare. Rea hatte den Mann noch nie zuvor gesehen. Seine Kleider lagen zusammengeknüllt unter einer Tanne.

Rea hatte das Gefühl, in eine Schleife geraten zu sein. Alles schien sich zu wiederholen. Sie nahm ihr Handy hervor und rief die 117 an.

Rea dachte an Luisa und was sie gestern Abend gesagt hatte. Dass jemand sterben müsse. Sie kniff die Augen zu und schüttelte leicht den Kopf.

Das war doch Zufall. Vielleicht hatten sie im Kindergarten ein Märchen gelesen. Gab es eines, bei dem ein Tod angekündigt wurde? Sie dachte nach, aber es kam ihr nichts in den Sinn. »Gibt es ein Märchen, in dem der Tod eines Menschen prophezeit wird?«, fragte sie Jörg, der gebückt hinter ihr stand.

Er schaute sie mit großen Augen an, dann hielt er die Hand vor den Mund, drehte sich um und erbrach sich.

Als die Polizei Rea bat, mit auf den Posten zu kommen, war sie beinahe erleichtert. Es lief doch nicht alles gleich ab. Man hatte sie zweimal hintereinander vor einer aufgehängten Männerleiche gefunden – für die Polizei Grund genug, um sie zu verdächtigen.

»Kennen Sie den Mann?«, wollte Caviezel wissen, der sie bereits zu Florineth befragt hatte.

»Nein, natürlich nicht«, antwortete Rea.

»Wieso natürlich?«

»Ich meine, ich kenne ihn nicht.«

»Sind Sie sicher?«

»Ich habe ihn noch nie zuvor gesehen.« Ihre Worte tönten seltsam hohl, obwohl sie die Wahrheit sagte.

Der Mann kam aus Chur und war Journalist gewesen. Offenbar hatten sie einen Ausweis in den herumliegenden Kleidern gefunden. Er arbeitete bei der *Südostschweiz*, hatte man ihr gesagt.

»Und was ist mit Mario Tomaschett?«, fragte Caviezel weiter.

»Was soll mit dem sein?« Rea pulte Erde unter ihren Fingernägeln hervor. »Haben Sie ihn noch nicht gefunden?«

»Sie sind eine schlechte Schauspielerin«, meinte Caviezel. »Wir haben Hinweise erhalten, dass Sie mit Tomaschett in Kontakt stehen.«

»Und von wem haben Sie diese Hinweise?«, wollte Rea wissen.

Caviezel lachte. »Glauben Sie, wir geben unsere Informanten einfach so preis?«

Nach zwei Stunden konnte sie gehen.

Rea hatte lange überlegt, ob sie der Polizei sagen wollte, dass sie gesehen hat, wie Bott Mario verfolgte. Und was sie im Wald gehört und beobachtet hatte. Dass Bott sich über diesen Journalisten ärgerte, ja ihn sogar fürchtete. Doch erst als Caviezel ihr drohte, sie weiter festzuhalten, wenn sie nicht alles sage, was sie wisse, rückte sie damit heraus. Dass die Gemeindeschreiberin dabei gewesen war, verschwieg sie allerdings. Auch ihre Zweifel Mario gegenüber behielt sie für sich.

9

Bott schaute aus dem Panoramafenster. Die Sonne schien über das Tal. Auf der anderen Seite glitzerten ein paar Stalldächer.

Vielleicht würde der Tag doch noch gut werden, auch wenn er schlecht gestartet war.

Er versuchte, Tomi auf dem Handy anzurufen. Er müsste schon lange hier sein. Aber Tomi nahm nicht ab. Bott würde es später nochmals probieren. Er begab sich in sein Arbeitszimmer. Nächste Woche war die Wahlveranstaltung, und er hatte noch einiges vorzubereiten.

Kaum hatte er begonnen, an seinem Vortrag zu feilen, klingelte das Telefon. Er freute sich schon, dass ihn Tomi zurückrief, doch es war Corina. Sie teilte ihm mit, dass wieder eine Leiche gefunden worden sei. Und zwar die des Journalisten. Sie schilderte den Fund bis ins letzte Detail. Offenbar hatte sie eine gut informierte Quelle bei der Polizei.

»Hast du etwas damit zu tun?«, fragte sie scharf.

»Für wen hältst du dich, dass du mir eine solche Frage stellst!« Beinahe hätte Bott den Anruf beendet. »Dasselbe könnte ich dich fragen.«

»Wer hätte sonst ein Interesse, den Mann aus dem Verkehr zu ziehen?«

»Den Mann aus dem Verkehr ziehen? Nur weil er einen Artikel schreiben will, der unserem Projekt Schaden zufügen könnte? Du hast sie wohl nicht mehr alle. Überleg dir lieber, wer es wirklich getan haben könnte. So wie du das geschildert hast, muss es sich um denselben Kerl handeln, der Florineth umgebracht hat.«

»Du meinst, es war Mario?«, fragte Corina.

»Vielleicht war ihm dieser Journalist auf den Fersen.«

»Das könnte gut sein. Dass ich da nicht selber daraufgekommen bin.« Sie hängte wie immer grußlos auf.

Bott schüttelte den Kopf. Langsam war Corina reif.

Wenig später war Bott wieder in seinen Vortrag vertieft. Da schreckte er auf. Etwas schabte an der Haustür. Er nahm das Gewehr, das hinter dem Schreibtisch stand, und schlich durch den Gang Richtung Tür. Jemand machte sich am Schloss zu schaffen. Mit einem Ruck drehte Bott den Schlüssel herum und riss die Tür auf, das Gewehr auf den Eindringling gerichtet.

Tomi ließ den Schlüsselbund fallen, der scheppernd zu Boden fiel. »Bist du jetzt vollkommen über…?«

Bott senkte das Gewehr und stellte es vor sich hin. »Das wollte ich eigentlich dich fragen. Aber schön, dass du deinen Eltern doch noch gehorchst.«

»Darf ich reinkommen?« Tomi strich sich die langen Fransen aus dem Gesicht und schob Bott zur Seite. Seinen Rucksack warf er in die Garderobe.

»Den kannst du gleich auf dein Zimmer mitnehmen.

Wir sind hier kein Saustall. Und nachher besprechen wir das weitere Vorgehen.«

»Welches weitere Vorgehen?« Tomi schnitt eine Grimasse.

»Das weißt du genau. Oder hast du das Gefühl, dass du einfach so weitermachen kannst?«

Das Telefon klingelte. Bott wartete, bis Tomi den Rucksack die Treppe hinaufgeschafft hatte, dann ging er zurück in sein Arbeitszimmer.

»Ja, Corina?«

»Wir müssen noch über die Wahlveranstaltung von nächster Woche sprechen. Das hatte ich vorhin vor lauter Journalist ganz vergessen. Es könnte unangenehme Fragen geben. Du musst darauf vorbereitet sein.«

»Auf was genau?«, wollte Bott wissen. Corina ging ihm mit ihrer Sorgerei auf die Nerven. Wieso konnten die Frauen ihre Sorgen nicht für sich behalten? Oder die Probleme gleich selber lösen? Nein, sie mussten damit immer zu ihm kommen.

»Zum Beispiel wieso die AG das Geld noch nicht zusammenhat.«

»Aber das ist nicht das Problem der Gemeinde.«

»Indirekt schon.«

»Was noch?«, fragte er schroff.

»Das mit dem Wasser.«

»Da kommen die nie und nimmer drauf!«

»Wenn du meinst.«

»Und weiter?« Er trommelte mit den Fingern auf die Tischplatte.

»Du fehlst mir.«

»Du fehlst mir auch«, sagte er und merkte im selben Moment, dass es nicht stimmte. »Aber wir sehen uns doch nächste Woche.« Bott wandte sich in seinem Drehstuhl dem Fenster zu. »Und vielleicht können wir dann später nach der Veranstaltung bei dir …«

»Wieso nicht bei dir?«

»Mein Sohn ist da.«

»Wieso das denn? Musste das sein?«

»Das erzähl ich dir später.« Er hängte auf und drehte sich wieder zurück zum Schreibtisch. Und fuhr zusammen. Unter der Tür stand Tomi.

»Wie lange stehst du schon da?«

»Lange genug.« Tomi machte rechtsumkehrt und lief die Treppe hoch.

»Hat Diana recht gehabt? Ist jemand gestorben?«, fragte Luisa.

Rea drückte die Kupplung ihres Subarus und drehte den Zündschlüssel. »Nein, sie hat nicht recht gehabt, es ist niemand gestorben, alle leben noch.«

»Du lügst.«

»Nun hör mal.« Rea stellte den Motor wieder ab, löste die Sicherheitsgurte und wandte sich zu Luisa um. »Ich lüge dich doch nicht an.«

»Madlaina hat gesagt …«

»Es ist mir egal, was Madlaina gesagt hat. Ich möchte nicht mehr über das Thema sprechen.«

»Du bist so gemein!« Luisa schlug mit beiden Fäusten gegen die Kopfstütze.

Rea gurtete sich wieder an, drehte den Zündschlüssel, drückte die Kupplung und legte den ersten Gang ein.

»Madlaina ist viel netter als du.«

»Dann ist ja gut.«

»Es wird noch etwas viel Schlimmeres passieren. Das hat mir Diana gesagt.«

Rea blickte kurz in den Rückspiegel. Luisa sah sie mit großen Augen an.

Was war nur mit diesem Kind los? Wieso dachte sie sich so schlimme Dinge aus? Sie sollte mit ihr zu einem Psychologen gehen. Oder eine andere Betreuerin suchen. Offenbar tat Madlaina in ihrer Trauer Luisa nicht gut. Rea wurde das Ganze langsam zu viel. Aber eigentlich war genau das geschehen, was Diana vorausgesagt hatte.

Sie lachte und schüttelte den Kopf. War sie jetzt endgültig verrückt geworden? Eine ausgestopfte Gämse sprach mit einer Fünfjährigen?

»Wieso lachst du, Mama?«

»Einfach so.«

»Das glaub ich dir nicht.«

»Ich hab an etwas Lustiges gedacht.«

»Und wieso warst du vorhin so böse?«

»Weil du mich ärgerst.«

»Aber ich kann nichts dafür.«

»Doch, das kannst du.«

Luisa begann zu heulen. Rea schwieg und starrte vor sich auf die Straße. Eine Frau mit Kinderwagen überquerte den Zebrastreifen. Rea trat mit voller Wucht auf die Bremse.

»Es wird wieder etwas passieren, wenn wir nichts unternehmen«, sagte Louisa leise.

»Luisa, ich möchte von der Geschichte nichts mehr hören.«

»Aber …«

»Nicht aber. Schluss. Aus.« Sie legte den ersten Gang ein und fuhr langsam wieder los.

Die Landschaft wurde immer karger, das spärliche Gras von Steinen abgelöst. Hie und da hatte es auch einen Flecken grauen Schnee. Dort, wo die Sonne nicht hinkam.

Die Baumgrenze lag jetzt schon weit unter ihm. Er überquerte ein Steinfeld. Felswände ragten schroff in die Höhe. Noch ein paar Meter und er hatte den Gletscher erreicht. Jetzt spürte er die Kälte. Doch dies hinderte ihn nicht daran, die Gletscherzunge zu überqueren.

»Rea, du musst mir helfen.« Nach über einer Woche meldete sich Mario wieder.

Rea wusste nicht, was sie sagen sollte. Am liebsten hätte sie den Anruf weggedrückt. Doch sie stand wie erstarrt vor dem Werkhof, das Handy am Ohr.

»Rea, bitte, ich weiß sonst niemanden, dem ich vertrauen kann.«

»Mario, ich …«

»Ich weiß, du bist dir nicht mehr sicher, ob ich unschuldig bin. Aber ich schwöre dir, ich war es nicht. Es hat mich jemand hereingelegt, das musst du mir glauben.« Seine Stimme klang weinerlich.

»Ja, aber …«

»Bitte lass es mich erklären, da sind ganz schlimme Dinge am Laufen. Und du könntest …«

»Wieso gerade ich?«

»Weil du die Einzige bist, die mir glaubt. – Bis vor Kurzem wenigstens.«

»Mario, ich weiß nicht, wie das weitergehen soll.« Sie begann zu heulen. Es war ihr peinlich. Sie heulte vor ihrem Mitarbeiter. Aber war Mario überhaupt noch ihr Mitarbeiter? Die Welt hatte sich auf den Kopf gestellt. Sie wusste nicht mehr, was oben und was unten war. Was gut war und was schlecht.

»Rea, hör auf zu weinen. Heute Abend ist doch diese Wahlveranstaltung.«

»Hm.« Rea schnäuzte sich. Stimmt, sie hatte von dieser Veranstaltung in der Turnhalle gelesen.

»Gehst du da hin? Du musst unbedingt hingehen.«

»Ich weiß nicht.«

»Bott darf nicht gewählt werden. Wir müssen das verhindern.«

»Wir? Wer ist wir?«

»Du. Du musst Bott eine Frage stellen.«

»Wieso gerade ich?«

»Aber das versuche ich dir doch die ganze Zeit zu erklären. Ich habe nur dich.«

»Und was soll ich ihn fragen?«

Und Mario erklärte ihr, wie sie vorzugehen hatte. Die Turnhalle des Schulhauses war mit Festbänken vollgestellt. Auf jedem Tisch standen grüne Mineralwasserflaschen und Gläser. Der Raum füllte sich immer mehr, es waren nur noch wenige Plätze frei. Das ganze Dorf schien zu der Wahlveranstaltung gekommen zu sein. Eine der wenigen, die fehlten, war Madlaina. Sie hatte sich bereit erklärt, auf Luisa aufzupassen. Sie möge solche Veranstaltungen nach dem Tod von Remo nicht mehr, hatte sie Rea erklärt, was diese auch verstanden hatte.

Die Gemeindeschreiberin – Frau Kunfermann hieß sie, fiel Rea ein – stieg aufs Podest und begrüßte die Gäste. Sie bedauerte zutiefst, dass dies nicht der Gemeindepräsident machen könne. Und bat um eine Schweigeminute für Remo Florineth. Alle standen auf und falteten die Hände. Rea schaute sich in ihrer Bankreihe um. Manche Hände waren nur ineinandergelegt, doch eine Person ließ die Hände baumeln. Sie schaute hoch zum Gesicht. Es war Leta. Sie blickte Rea an und nickte ihr lächelnd zu.

Vielleicht sollte sie doch noch einmal mit Leta sprechen. Rea kam sich dumm vor. Wie früher in der Schule, als man die Freundin stehen ließ, nur weil sie etwas Falsches gesagt hatte, und wochenlang schnitt. Ziemlich unreif das Ganze.

Zuerst stellte sich der Kandidat der Grünliberalen vor. Rea kannte ihn nicht gut. Ein Lehrer, der vor etwa zehn Jahren mit seiner Familie nach Zuort gezogen war. Er machte sich für den Tourismus stark, betonte aber, dass es wichtig sei, die natürlich Ressourcen zu schonen und nicht um jeden Preis auszubeuten.

Dann betrat Andri Bott das Podest. Er sprach von

einer gebeutelten Region. Nach dem Nein zu den Olympischen Winterspielen 2022 und nach Annahme der Zweitwohnungsinitiative, die den Anteil von Ferienwohnungen beschränke, sei auch noch der Bär gekommen. Den seien sie aber zum Glück wieder losgeworden.

Alle lachten.

Nun seien Visionen gefragt, und zwar umsetzbare. Denn dies sei der Unterschied zwischen Träumen und Visionen. Einen Traum umzusetzen heiße, ihn zu verlieren. Eine Vision umzusetzen hingegen heiße, zu gewinnen. »Deshalb werde ich als Erstes – wenn ich denn gewählt werde – das Swater-Projekt weiterverfolgen.«

Ein Raunen ging durch die Menge. Einige schauten sich fragend an. Andere flüsterten.

»Durch die gute Vorarbeit von Remo Florineth konnten wir ein paar finanzkräftige Personen für dieses zukunftsweisende Projekt gewinnen. Dessen Realisierung würde nicht nur ein Duzend Arbeitsplätze schaffen, sondern der ganzen Region Geld bringen, das dann wiederum gewinnbringend in die Hotellerie, ins Baugewerbe, in die Schulen investiert werden kann. Wenn es nicht so abgedroschen tönte, würde ich sagen, es handelt sich um eine Win-win-Situation.«

»Könntest du dieses Swater-Projekt noch etwas ausführen, Andri? Ich weiß nicht, ob alle Anwesenden informiert sind«, rief Kunfermann durch die Halle.

Ein Nicken ging durch die Reihen.

»Aber gerne! Wie ihr alle wisst, haben wir unser feines, mineralisiertes Zuorter Wasser. Doch was steht auf den Tischen?«

»Passugger«, rief einer.

»Valserwasser«, eine andere.

»Genau Passugger und Valserwasser. Und wieso nicht unser eigenes? Wie wäre es, wenn Zuort die halbe Welt von Asien bis in die USA mit unserem köstlichen Wasser beliefern könnte? Wir sind dabei, finanzkräftige Investoren und natürlich auch Investorinnen«, sagte Bott an die Schulratspräsidentin gewandt, »ins Boot zu holen. Swiss Mineral Water – wie es heißen wird, oder kurz Swater – wird bald auf der ganzen Welt bekannt sein. Und damit ihr jetzt schon einen Vorgeschmack bekommt, offerieren wir euch die ersten Swater-Flaschen. Darf ich bitten?«, sagte er zu Kunfermann, die inzwischen hinten beim Ausgang stand. Mehrere Frauen rollten mit Getränkeharassen beladene Rollis herein und verteilten Wasserfläschchen. Rea schaute sich die Flasche genauer an. Ein schlichtes Design, durchsichtig, *Swater* stand in weißer Schrift geschrieben.

»Ihr seht, die Flasche ist ganz einfach gestaltet. Übrigens von einem einheimischen Künstler. Denn wichtig ist, was drin ist: klares Bergwasser – Zuorter Wasser.«

»Das ist doch alles ein abgekartetes Spiel«, sagte Reas Sitznachbar, ein kleines Männchen, das einen Hut trug. »Die Kunfermann hat ihm den Ball zugespielt. Mischt sich einfach in den Wahlkampf ein.«

»Ein Steilpass sogar«, sagte sein Kollege nebendran. Er war etwas größer und hatte eine erloschene Brisago im Mund. »Aber die Idee mit dem Schweizer Wasser ist gut.«

»Hat jemand noch Fragen?« Bott wandte sich mit ausgebreiteten Händen ans Publikum.

»Wie sieht denn der Fahrplan aus?«, fragte eine Frau ganz hinten in der Halle.

»Danke für die Frage«, sagte Bott. »Mit dem Bau der Abfüllhalle wird bereits im Spätherbst begonnen. Im Frühjahr starten wir dann mit der Produktion.«

»So schnell«, sagte der Mann neben Rea. »Das nenn ich zielstrebig.«

»Sonst noch Fragen?«

Rea hob die Hand. Ihre beiden Sitznachbarn schauten sie verwundert an.

»Ja, bitte?« Auch Bott sah sie etwas verwirrt an. Offenbar kannte er nicht einmal ihren Namen.

»Ist es wahr, dass durch den Bau der Abfüllanlage die Quellen auf den Zuorter Alpen versiegen könnten?«

Plötzlich war es still in der Halle. Manche drehten die Köpfe zu ihr um. Leta, die in derselben Reihe saß, hatte sich vorgebeugt, schaute Rea aufmunternd an und zeigte mit dem Daumen nach oben.

Bott richtete seinen Krawattenknopf. Kunfermann flüsterte ihm etwas zu.

»Frau Rüegg, ich weiß nicht, woher Sie diese Information haben, aber ...«

»Das heißt, wir können unsere Kühe auf den Alpen nicht mehr tränken?«, rief Reas Sitznachbar.

»Und die Wiesen nicht mehr wässern?«, fragte ein anderer.

»Meine Damen, meine Herren, bitte. Es besteht überhaupt kein Anlass zur Sorge«, versuchte Bott sich Gehör zu verschaffen.

»Das ist doch idiotisch, mir reicht's!« Der kleine Mann neben Rea stand so ruckartig auf, dass sein Stuhl umkippte. Auch der mit der Brisago erhob sich.

»Aber meine Herren, das ist doch lächerlich. Natürlich wird die notwendige Sprengung für den Bau der Abfüllanlage mit großer Sorgfalt durchgeführt, um solche unvorhergesehenen Vorkommnisse zu vermeiden. Es besteht also überhaupt kein Anlass zu Sorge.« Bott schaute in die Runde. »Gut, wenn dann keine Fragen mehr sind, übergebe ich an die Gemeindeschreiberin, Corina Kunfermann.«

»Zum Dank für euer Kommen möchten wir euch gerne einen kleinen Imbiss offerieren.« Kunfermann machte eine kurze Pause. »Das Buffet ist eröffnet.«

Rea versuchte, Leta nicht aus den Augen zu verlieren. Sie wollte zu ihr hingehen, wurde aber laufend angesprochen. Man schüttelte ihr die Hand, klopfte ihr auf die Schulter.

»Stimmt das wirklich mit der Wasserknappheit, die drohen könnte?«, wollte eine Frau wissen.

Rea nickte.

»Das ist ja furchtbar!« Die Frau machte ein entsetztes Gesicht.

Rea schaute sich um. Leta war im Gewühl verschwunden. Sie blickte zum Podest. Dort waren Grond und Bott in ein angeregtes Gespräch vertieft. Plötzlich schaute Grond auf und starrte sie an.

Schnell drehte sich Rea um und ging in die Richtung, wo sie Leta zuletzt gesehen hatte. Offenbar war Leta direkt zum Buffet gegangen, das beim Ausgang aufgebaut worden war.

Da spürte Rea eine Hand auf ihrer Schulter. »Dir ist schon klar, woher dein Lohn kommt«, sagte Grond.

Sie schaute so lange auf seine Hand auf ihrer Schulter, bis er sie zurückzog. »Ja, von den Steuerzahlern. Und deshalb sollen sie auch die Wahrheit erfahren.«

»Das wird dir noch …«

Rea sah Leta hinter dem Kandidaten der Grünliberalen auftauchen. Sie hielt ein Glas Weißwein in der Hand und winkte Rea zu.

»Entschuldige bitte, ich werde erwartet«, sagte Rea und ließ ihren Chef stehen.

»So kenn ich dich gar nicht«, lachte Leta und hielt ihr das gefüllte Glas entgegen. »Das hast du super gemacht. Bott kann abdanken, bevor er sein Amt angetreten hat.«

»Das wird sich noch zeigen«, sagte der Grünliberale, der jedes Wort mitbekommen hatte. »Aber danke trotzdem.«

»Komm, wir gehen nach draußen, da hat es weniger Leute.« Leta hängte sich bei ihr ein.

»Ich bin ja so froh«, sagte Rea und drückte Letas Arm, als sie vor der Turnhalle standen. Weinen hätte sie können. Sie hatte ihre Freundin wieder zurück.

»Aber jetzt sag mal, woher hast du die Information mit den Quellen?«

Rea schaute sich um. »Das hat mir Mario gesagt«,

flüsterte sie. »Ich habe keine Ahnung, wo er sich herumtreibt. Aber er findet die ganze Zeit Sachen heraus.«

»So, so der Mario. Hast du ihn getroffen?«

»N-nein, wieso? Er hat ein paarmal angerufen.«

»Und du weißt wirklich nicht, wo er ist?«

»Nein.«

»*Viva!*« Leta streckte ihr das Glas hin.

»*Viva.*«

»Jetzt hast du Bott am Hals«, sagte Leta, fischte eine Zigarettenschachtel aus ihrer Tasche und zündete sich eine Zigarette an. »Der wird dich entlassen, wenn er Gemeindepräsident wird.«

»Soll er doch. Für ihn möchte ich sowieso nicht arbeiten.«

Leta schaute sie aufmerksam an. »Du hast dich verändert in den letzten Wochen.«

»Das hast du schon mal gesagt. Kann sein. Man wird älter.« Rea lachte. »Ich wollte dich etwas fragen.«

»Nur zu.« Leta blies den Rauch über ihre Schulter.

»Kannst du Luisa wieder übernehmen?«

»Geht es nicht gut mit Madlaina?«

Hörte sie da Schadenfreude in Letas Stimme? »Nicht wirklich. Luisa kommt da auf dumme Gedanken. Könntest du nicht einspringen?«

»Oje, das ist jetzt blöd. Aber ich habe noch bis übernächste Woche einen Job. Danach aber habe ich wieder den ganzen Tag für Luisa Zeit.«

»Ich bin so froh!« Rea umarmte Leta.

»Ich auch.« Leta drückte sie fest. »Und was machen wir jetzt, nach dieser erfolgreichen Veranstaltung?«

Rea schaute auf die Uhr. »Ich muss Luisa abholen, und dann kommt noch …« Mist, jetzt wäre es ihr beinahe herausgerutscht.

»Wer kommt?«

»Nur so ein Film, den ich mir anschauen möchte.«

»Wenn du Hilfe brauchst, weißt du, wo du mich findest.«

»Danke, Leta.«

»Hast du der Rüegg so richtig die Meinung gesagt?«, fragte Bott und schaute der Försterin nach, wie sie die Turnhalle verließ.

Grond nahm einen Schluck Rotwein. »Das habe ich.«

»Tönt nicht sehr überzeugend.« Bott schob ein Stück Bündnerfleisch in den Mund.

»Die Frau ist etwas stur.«

»Aber du wirst schon mit ihr fertig, oder? Ich brauche starke Leute in meiner Gemeindeverwaltung.«

»Ich spreche nochmals mit ihr«, sagte Grond.

»Ich denke nicht, dass da Reden genügt.«

»Wie meinst du das?« Grond machte große Augen.

»So wie ich es sage.«

»So, ihr zwei.« Corina trat neben sie. »Ist nicht ganz so gut gelaufen wie erwartet. Du musst deine Mitarbeiter besser …«

»Darüber haben wir bereits gesprochen. Grond hat alles im Griff.« Bott klopfte ihm auf die Schulter.

»Dann ist ja gut«, sagte Corina und widmete sich der Schulratspräsidentin.

Bott beobachtete, wie die beiden Frauen die Köpfe zusammensteckten und über irgendetwas Banales sprachen, das nicht von Belang war. Er zählte die Tage, bis er diese Frau entlassen konnte. Als Mitarbeiterin war sie sicher nicht schlecht. Doch sie wurde ihm langsam zu anhänglich. Er konnte sich nicht vorstellen, Karin zu verlassen. Schließlich liebte er sie immer noch. Und da waren auch noch seine zwei Kinder. Wenn er Karin verließ, würde Tomi ihn verachten und Mia sich von ihm abwenden. Eine offizielle Beziehung mit Corina konnte er sich überhaupt nicht vorstellen. Was blieb denn noch, wenn der Reiz des Verbotenen verloren ging?

10

Es war kurz nach acht, als es an der Tür klingelte. Rea öffnete, doch niemand war zu sehen. Nur die geparkten Autos standen wie immer auf der Straße. Sie schloss die Tür und ging Richtung Schlafzimmer, da klingelte es nochmals. Schnell lief sie wieder zur Wohnungstür und riss sie auf. Vor ihr stand Mario.

Sein Bart war wieder etwas gewachsen. Er trug ein zerschlissenes Hemd und verschmutzte Hosen.

»Ist dir ja wieder bestens gelungen – mich zu erschrecken.«

»Und? Hat es geklappt? Hast du die Frage gestellt?«

»Ja, ich hab es gemacht. Und es scheint wirklich etwas dran zu sein an deiner Geschichte mit den Quellen.«

»Siehst du, ich habe dich nicht belogen. – Kann ich reinkommen? Ich sollte mich wieder mal waschen.« Er streckte Rea seine Hände entgegen. Sie waren beinahe schwarz.

Rea dachte an Martin. Wie sie ihm nichts hatte abschlagen können, ihm gegenüber immer wieder weich geworden war. Aber Mario war nicht Martin.

»Kann ich duschen, oder wird Luisa davon wach?«,

fragte Mario, als er im Flur stand und Rea die Tür hinter ihm zuzog.

»Sicher kannst du duschen. Warte, ich gebe dir ein Frottiertuch.« Rea ging ins Schlafzimmer und holte eines aus dem Schrank. Als sie zurückkam, hatte Mario bereits das Hemd ausgezogen. Nur eine silbrige Erkennungsmarke von der Armee baumelte um seinen Hals. Die trug er immer. *Falls ich mal unter einem Baum lande, weiß man gleich, wer ich bin,* hatte er damals zu Rea gesagt, als sie ihn danach gefragt hatte.

Er hatte ihren Blick bemerkt und nahm die Erkennungsmarke in die Hand. »Falls sie mich erschießen sollten …«

Rea schaute ihn an, seinen hellen Körper. Die Rippen standen hervor. Er musste abgenommen haben. »Kein guter Witz. Geh duschen, du hast es nötig.« Sie rümpfte die Nase, obwohl er gut roch. Nach Wald, frischer Luft und nach Mann.

Er hob den Arm und zog die Luft unter seinen Achseln ein. »Weiß gar nicht, was du hast. Hab doch erst vor einer Woche geduscht.«

Sie warf ihm das Tuch ins Gesicht. »Nun geh schon!«

Rea deckte in der Küche den Tisch. Sie hatte Spaghetti gekocht. Sie arrangierte Teller, Löffel und Gabel. Gerade wollte sie im Oberschrank nach einem Weinglas greifen, da spürte sie Mario, der von hinten an sie herantrat. Rea konnte den Jasminduft ihres Duschmittels riechen. Er schlang die Arme um ihren Bauch.

Sie strich leicht über seinen Arm. »Mario, bitte nicht.«

Er trat zurück. »Du hast doch gesagt, du fühlst dich allein, und ich dachte …«

Rea wandte sich zu ihm um. »Das hast du schon richtig gedacht, aber ich kann nicht.«

»Du magst mich nicht?«

»Doch, das tue ich.«

»Weil ich dein Mitarbeiter bin? War?«

»Nein, es hat nichts mit dir zu tun.« Sie öffnete den Kühlschrank, nahm zwei Bierdosen heraus und stellte eine vor Mario hin.

»Ach so.« Er setzte sich an den Tisch. »Und mit wem hat es zu tun?«

»Es gibt niemand anderen, wenn du das meinst.«

»Was ist es dann?« Mario fuhr sich mit der Hand durch die noch nassen Haare.

»Ich kann es dir nicht sagen.«

»Können oder wollen?« Er öffnete die Dose und nahm einen Schluck.

»Beides.«

»Soll ich wieder gehen?«

»Nein, bitte bleib. Ich habe uns was gekocht.« Sie stellte die Schüssel mit Tomatenspaghetti auf den Tisch und schöpfte Mario eine große Portion auf den Teller.

Nach dem Essen hatten sie von Bier zu Wein gewechselt. Inzwischen war die Weinflasche beinahe leer. Rea schüttete den letzten Rest in Marios Glas. Sie hatten fast den ganzen Abend über Bott gesprochen. Über seine Pläne mit der Abfüllanlage.

Mario war überzeugt, dass Bott Florineth auf dem Gewissen hatte. Vielleicht sei ja Florineth gegen das Swater-Projekt und den Bau der Anlage gewesen.

Für Rea war auch klar, dass der tote Journalist auf sein Konto ging. Der war sicher hinter ihm und seinen Machenschaften her.

Doch sie konnte nichts machen. Wenn sie zur Polizei ging, würde Caviezel sie wieder zu Mario befragen, und sie war nicht gut im Lügen. Und Andri Bott würde sowieso alles abstreiten. So jemand wie der hatte sicher Freunde bei der Kantonspolizei. Nein, sie brauchten Beweise. Aber wie diese finden? Sie hatte keinen blassen Schimmer.

»Ich könnte in Botts Haus einbrechen, um dort nach Beweisen zu suchen«, sagte Mario nach einer Weile.

»Bott ist doch sicher intelligent genug und lässt nichts, was ihn verdächtigen könnte, zu Hause herumliegen«, erwiderte Rea.

»Da hast du recht.« Mario überlegte. »Oder vielleicht hat Madlaina Beweisstücke zu Florineths Tod, von denen sie nichts weiß? Kannst du nicht noch einmal mit ihr sprechen?

Rea seufzte. »Ich habe Madlaina schon genug gequält mit meinen Fragen. Ich möchte sie nicht nochmals in ihrer Trauer stören.«

»Aber was sollen wir jetzt machen?«

»Keine Ahnung. Soll ich noch eine Flasche aufmachen?«, fragte Rea, als die Stimmung auf dem Tiefpunkt angelangt war. Auf dem Plastiktischtuch hatten sich rote Kringel von den Gläsern gebildet, die im Neonlicht glänzten.

Mario schaute sie lange an, ohne die Frage zu beantworten. »Darf ich über Nacht hierbleiben?«, fragte er schließlich.

»Ja, klar.«

»Ich dachte, du möchtest nicht …«

»Du kannst auf dem Sofa schlafen.«

Ein lautes Klingeln riss Rea aus dem Schlaf. Im ersten Augenblick dachte sie, es sei ihr Handy. Doch es war die Türklingel. Sie schaute auf die Uhr. Es war erst sechs. Wer konnte das sein? Sie dachte an Mario auf dem Sofa. War das etwa die Polizei?

Rasch schlang sie den Morgenmantel um sich. In der Stube lag Mario auf dem Kanapee und schlief. Er schnarchte. Leise schlich sie an ihm vorbei.

»'tschuldigung, ich dachte, du bist schon längst auf.« Leta musterte Reas Morgenrock und hielt ihr einen Sack Brötchen entgegen. »Ein Kunde hat gestern Abend spät noch abgesagt, und ich dachte, dann kann ich ja auf Luisa aufpassen. Ist sie denn noch nicht wach?«

»Nein, sie schläft noch, aber komm doch herein.« Sie bat Leta in die Küche.

»Möchtest du einen Kaffee?« Rea stellte die Kaffeemaschine ein.

»Ja, gerne.« Leta setzte sich hin.

»Aber wieso hast du nicht angerufen?« Rea nahm zwei Tassen aus dem Schrank und stellte sie auf den Tisch.

»Ich dachte, ich komme gleich vorbei und bringe Frühstück mit. Dann musst du nicht extra zu mir fahren. Soll ich Luisa wecken?« Leta erhob sich.

»Nein, ist schon gut, das mache ich gleich.« Rea stellte die Kaffeemaschine an und wollte gerade zur Tür hinaus. Unter dem Türrahmen stand Mario. Leta, die mit dem Rücken zur Tür saß, sah ihn nicht. Rea machte eine Handbewegung, er solle verschwinden. Mario wollte wieder Richtung Wohnzimmer gehen, da stieß er mit dem Fuß gegen die Türschwelle. Leta drehte sich um.

Sie schaute zuerst zu Mario, dann zu Rea, dann wieder zu ihm. »Ach so, ich störe wohl.« Sie stand auf.

»Leta, bleib sitzen!«, sagte Rea. Sie wollte nicht, dass Leta ging. Womöglich rannte sie noch zur Polizei. Aber wieso reagierte Leta denn so stark? War sie etwa eifersüchtig?

»Sucht dich nicht die Polizei? Und du machst es dir bei Rea bequem? Hast du sie nicht mehr alle?«, fuhr Leta Mario an.

»Es ist nicht so, wie es aussieht«, sagte Rea und wurde sich im nächsten Moment bewusst, wie doof und abgedroschen das klang.

Leta ging auf Mario zu. »Geh mir aus dem Weg.«

Mario hob die Hände und trat einen Schritt zurück. Leta verließ die Küche.

»Was ist denn mit der los?«, fragte er, nachdem die Wohnungstür ins Schloss gefallen war.

»Das frage ich dich. Scheint ja fast so, als wär da was zwischen euch.«

»Leta und ich?« Er lachte. »Du weißt es also gar nicht?«

»Was soll ich nicht wissen?«

»Die steht auf Frauen.«

»Was?«

»Das weiß doch jeder hier im Dorf. Ich dachte, du wüsstest es auch.« Er wandte sich ab.

»Du gehst?« Rea trat auf ihn zu.

»Ich muss los.«

Sie legte ihre Hand auf seinen Unterarm. Sie wollte ihn nicht so gehen lassen.

»Tut mir leid, aber ich muss los.«

»Kommst du wieder?«

»Mal sehen, wie sich das Ganze entwickelt. Ich melde mich.«

Rea trat unter die Küchentür und schaute Mario nach, wie er den Gang hinunterging. Dann hörte sie, wie er leise die Tür schloss.

»Mama? Mit wem sprichst du?« Luisa stand mit Giacumin unter dem Arm im Wohnzimmer.

»Mit niemandem.«

»Aber ich habe doch Stimmen gehört.«

»Leta war hier.«

»Leta? Aber wieso ist sie schon wieder weg?«

»Sie muss arbeiten.«

»Schade.«

»Ab übernächster Woche kannst du wieder zu ihr gehen.« Oder vielleicht auch nicht. Sie musste zuerst mit Leta reden. Herausfinden, worum es vorhin wirklich gegangen war.

»Was ist das, übernächst?«

»Nächste Woche und dann noch eine Woche dazu.«

»Ja?« Luisa tanzte mit Giacumin in der Stube herum. »Zu Leta gehen, zu Leta gehen«, und drehte sich um die eigenen Achse.

»Zieh dich an, es gibt Frühstück. Brauchst du Hilfe?«

»Nein, das kann ich allein.«

Rea ging in die Küche zurück. Zum Glück hatte Leta die Brötchen dagelassen. Das Brot war schon wieder alle.

Die steht auf Frauen. Der Satz hallte in Reas Kopf nach. Wieso hatte sie das nicht gemerkt? Sie war so naiv. Vielleicht wollte Leta etwas von ihr. So wie sie reagierte, als sie Mario gesehen hatte – das musste Eifersucht gewesen sein.

Rea verbrachte den ganzen Tag im Val Fluors an der Clozza. Ein kleiner Holzsteg für die Wanderer, der über den Bach führte, musste erneuert werden. Den Holzschlag hatten sie bis nach der Jagd auf nächste Woche verschoben.

Der Schreiner hatte die falschen Maße geliefert. Das merkten sie aber erst, als sie den Steg schon beinahe fertig montiert hatten. Er passte nicht über die Clozza.

Rea war beim Schreiner vorbeigefahren und stritt sich fast eine ganze Stunde lang darüber, wer nun den Fehler gemacht hatte. Der Schreiner warf Rea vor, sie habe falsch vermaßt. Sie war aber sicher, dass sie die richtigen Größen angegeben hatte. Schließlich fertigte er die fehlenden Latten an. Doch als Rea endlich wieder beim Bach ankam, war es bereits dunkel und die Arbeiter im Feierabend.

Sie lehnte mit dem Rücken an ihr Auto und holte tief Luft. Wenn sie noch geraucht hätte, dann wäre das jetzt der Moment, eine Zigarette anzuzünden.

Aus dem Wald ertönte das sägende Krächzen eines Eichelhähers. Irgendetwas musste ihn aufgescheucht haben.

Aber da war noch ein anderes Geräusch. Sie hörte Zweige knacken. Waren das Schritte? Sie drehte sich um und versuchte etwas in der Dunkelheit zu erkennen. Doch sie sah nichts außer den Schatten, die die Bäume warfen, und dem Bach, der im Mondlicht glitzerte. Sie dachte an den noch nicht reparierten Steg und den Streit mit dem Schreiner. Und es kam Rea alles so unbedeutend vor.

Da raschelte es wieder hinter ihr, sie wollte sich umdrehen. Doch schon griff ihr jemand in die Haare, zog ihren Kopf nach hinten und stieß sie in Richtung Clozza. Sie versuchte sich zu wehren, doch je mehr sie sich wand und um sich schlug, desto fester wurden ihre Arme auf den Rücken gedrückt. Sie hätte schreien können, doch sie biss die Zähen zusammen.

Mit ihrem ganzen Gewicht stemmte sie sich gegen den Angreifer, doch sie wurde Schritt um Schritt zum Bach gestoßen, den Kopf nach hinten gezogen. Sie versuchte sich zu drehen, um zu sehen, wer sie da so in die Mangel nahm, doch es gelang ihr nicht.

Martin musste sie ausfindig gemacht haben. Es war sicher sein weißes T-Shirt gewesen, das sie damals im

Wald gesehen hatte. Zutrauen würde sie es ihm. Sie würde Martin alles zutrauen …

Martin sitzt auf dem Sofa und liest die Zeitung. Als Rea hereinkommt, blickt er kurz auf und tut dann so, als lese er weiter. »Du kommst spät. Das Essen ist bereits kalt.«

»Das tut mir leid. Wir sind am Roden, und es gab einen bösen Unfall. Ein Forstwart hat sich mit der Säge ins Bein geschnitten.«

»Du hättest wenigstens anrufen können.«

»Ja, das stimmt. Doch es war alles so chaotisch. Das Blut und der Notfallarzt. Aber jetzt bin ich ja da.« Rea bückt sich und gibt ihm einen Kuss.

Er dreht den Kopf zur Seite. »Stimmt, jetzt bist du da.«

»Wieso sagst du das jetzt so? Hast du wieder getrunken?«

»Das geht dich nichts an.« Er faltet die Zeitung zusammen und wirft sie auf den Couchtisch.

»Doch, das geht es. Dann wirst du nämlich immer so ausfällig.«

»Ich ausfällig? Du weißt wohl nicht, was das ist. Dabei hätte ich allen Grund dazu. Ich sitze hier den ganzen Tag rum, mache das Abendessen, warte auf dich. Und du? Dir ist es doch scheißegal, was mit mir ist. Du bist in deinem Wald mit deinen Forstwarten und amüsierst dich blendend. Kommst nach Hause, wann es dir passt.

Mich würde nicht wundern, wenn du …« Er steckt sich eine Zigarette an.

»Jetzt hör aber auf mit deinen ewigen Unterstellungen. Ich halte deine Eifersucht langsam nicht mehr aus. Und rauch bitte draußen auf dem Balkon.«

»Dann geh, wenn du es nicht mehr aushältst mit mir.«

Rea sieht ihn lange an. »Du hast recht. Ich gehe.«

Im Schlafzimmer zieht sie den Koffer unter dem Bett hervor, öffnet ihn, legt Kleider hinein. Wahllos. Sie sieht gar nicht richtig hin. Tränen verschleiern ihren Blick.

Plötzlich packt sie jemand an den Schultern. Martin zerrt sie aus dem Schlafzimmer. »Das würde dir so passen. Du bleibst hier.«

»Nein, ich gehe. Es ist das Beste. Für uns beide.«

Er schlägt ihr ins Gesicht, packt sie wieder an den Schultern, schüttelt sie. Sie wehrt sich nicht. Dann der Schlag in den Bauch. Sie wird ohnmächtig.

Kurze Zeit später ist Rea wieder bei Bewusstsein. Ihre beste Freundin fährt sie ins Spital.

»Du musst ihn verlassen«, sagt sie zu Rea.

»Und was ist mit dem Kind? Es ist ja auch seines.«

»Willst du etwa einen Vater für dein Kind, der schlägt?«

»Aber er tut es doch nur, wenn er betrunken ist. Und er trinkt nur, weil er keine Arbeit hat. Das kann sich wieder ändern.«

»Männer ändern sich nie. Auch dein Martin nicht …«

Als Rea vorne am Bach stand, zwang sie der Angreifer in die Knie und zog ihren Kopf so heftig nach vorne, dass ihr Kinn auf die Brust gedrückt wurde.

Dabei sah sie die Hose der Person. Es war eine Arbeiterhose, wie sie alle trugen, die im Wald arbeiteten. Doch etwas fiel ihr auf. Da war ganz unten am Hosenbein ein Logo mit einem weißen Hirschgeweih, das im Dunkeln seltsam leuchtete.

Ihr Kopf wurde vornüber in die Tiefe gestoßen. Das Rauschen wurde immer lauter, die dunklen Wellen kamen immer näher. Schnell holte sie tief Luft, als auch schon ihr Kopf in das eiskalte Wasser gedrückt wurde. Sie versuchte, nicht zu atmen, doch schon nach kurzer Zeit ging ihr die Luft aus. Schwarze Punkte erschienen vor ihr, sie musste atmen, brauchte Luft, da wurde ihr Kopf wieder in die Höhe gerissen. Sie versuchte etwas zu erkennen, sich umzudrehen, doch es ging nicht, der Griff war zu stark. Ihr wurde schwindlig.

»Hast du nun genug Wasser?«, fragte eine dunkle Stimme. Sie hörte sie nur verzerrt.

Rea schüttelte den Kopf, so gut es ging, und wurde sofort wieder ins kalte Wasser getaucht. Diesmal etwas länger. Wasser gelangte in ihre Lunge, sie glaubte, sie müsse ersticken. Ihr Kopf wurde wieder nach oben gezogen. Sie spuckte Wasser, verschluckte sich, hustete.

»Gibst du auf?«, fragte die Stimme weiter.

Rea nickte, dann schlug etwas Hartes mit Wucht gegen ihren Kopf. Alles wurde schwarz.

Von weit weg klingelte es. Rea wusste zuerst nicht, wo sie war.

Lass mich in Ruhe, wollte sie sagen, doch sie brachte keinen Laut heraus. Sie schaute sich um, es war dunkel, ein Bach rauschte neben ihr.

Da kam ihr alles wieder in den Sinn. Die fremde Gestalt, der eiserne Griff, das eiskalte Wasser. Sie setzte sich auf, strich sich über Gesicht und Haare, sie waren klatschnass. Sie zitterte vor Kälte. Das Handy klingelte immer noch. Sie klaubte es aus ihrer Hose und drückte auf die Annahmetaste.

Es war Madlaina. »Wo bleibst du denn? Ist etwas passiert?«

Rea versuchte sich zu fassen. Mit Madlaina wollte sie nicht über den Überfall sprechen.

»Nein, es ist alles in Ordnung, bitte entschuldige. Wir hatten Probleme, äh, mit einer Brücke, und ich musste noch …«

»Kein Problem, nimm dir Zeit, solange du brauchst. Ich habe gerade etwas für Luisa gekocht. Die Kleine hatte Hunger.«

»Geht es Luisa gut?«

»Ja, alles bestens.«

Rea drückte den Anruf weg, rappelte sich hoch. Ihr war immer noch schwindlig. Sie schwankte auf ihr Auto zu, öffnete die hintere Wagentür, nahm den Faserpelz, den sie auf dem Rücksitz liegen hatte, heraus und trocknete sich damit die Haare.

Sie spähte Richtung Wald. Alles war ruhig. Nicht einmal der Häher war mehr zu hören.

Bott stand an der Kaffeemaschine in der Küche und fluchte, weil die Maschine ihm partout keinen Kaffee herausgeben wollte. Da sah er, wie Tomi an der Küche vorbei Richtung Haustür lief. »Tomi, wo gehst du hin?«

»Das geht dich nichts an.«

Bott trat in den Flur. »Sag mal, wie sprichst du eigentlich mit mir?«

»Du hast mir gar nichts mehr zu sagen. Nicht, nachdem du mit dieser Kunfermann rumge…«

»Jetzt halt aber mal die Klappe. Ich weiß gar nicht, was du dir vorstellst. Da ist nichts. Eine rein geschäftliche Beziehung.« Bott ging auf ihn zu.

»Wer's glaubt!« Tomi schritt zur Tür.

»Du bleibst hier, verstanden?« Erst jetzt sah Bott den Rucksack, der im Flur stand.

»Ich gehe nach Hause.« Tomi griff nach dem Rucksack.

»Ich habe deiner Mutter versprochen, dass ich mich hier um dich …«

»Und was hast du ihr sonst noch alles versprochen? Du bist so was von falsch.« Tomi zog die Haustür auf.

Bott hielt ihn am Arm zurück. »Du bleibst hier!«

»Lass mich los!«

Das Telefon klingelte. Bott ließ Tomi los.

»Willst du nicht abnehmen? Das ist sicher deine …«

Bott gab ihm eine Ohrfeige und bereute es sofort. Tomi ging durch die Tür und schlug sie hinter sich zu.

»Ja, was ist?«, brüllte Bott in den Hörer.

»Ich wollte dir nur mitteilen, dass ich die Sache erledigt habe«, sagte Grond.

»Wenigstens eine gute Nachricht heute.«

»Wie meinst du das?«

»Ach, nicht der Rede wert. Und hat sie's kapiert?«

»Ich denke schon. Die Clozza hat mitgeholfen.«

»Die Clozza? Aber du hast sie doch nicht etwa …«

»Nein, es geht ihr gut.«

Bott ließ sich in einen Sessel fallen.

»Und jetzt?«, fragte Grond.

»Jetzt warten wir ab, ob sie genug hat.«

»Mir ist nicht ganz wohl bei der Sache. Schließlich ist sie meine Mitarbeiterin. Was, wenn sie mich erkannt hat?«

»Wäre es dir lieber, ich würde mir einen anderen Werkhofleiter suchen?«

»Nein, natürlich nicht, ich habe nur gedacht, dass …«

»Du machst dir zu viele Gedanken.«

Luisa saß friedlich in Madlainas Küche und schaufelte Maluns mit Apfelmus in sich hinein.

»Was ist denn mit dir passiert?«, fragte Madlaina. »Du siehst nicht gut aus. Hast ja ganz rote Augen.«

»Ich glaube, es ist eine Erkältung im Anzug«, log Rea.

»Möchtest du auch etwas Maluns?«

»Nein danke, ich habe keinen Hunger.«

»Aber einen Tee nimmst du schon.«

Rea nickte und setzte sich. »Und was habt ihr heute Schönes im Kindergarten gemacht?«, fragte sie Luisa.

»Ich weiß gar nicht mehr«, sagte Luisa mit vollem Mund.

»Erzähl deiner Mama die Geschichte, die euch Frau

Campell erzählt hat.« Madlaina schaute Luisa aufmunternd an.

»Ich glaube nicht, dass Mama die Geschichte mag. Die hat weiße Gämsen nicht gern.«

»Das stimmt gar nicht«, entgegnete Rea.

»Madlaina hat gesagt, dass ich nicht mehr mit Diana sprechen darf.«

»Aber das ist etwas anderes. Wie ging die Geschichte, die euch die Kindergärtnerin erzählt hat?«

Luisa schob den Teller weg, stützte sich mit beiden Händen auf dem Stuhl ab und ließ die Beine baumeln. »Also, es war einmal ein weißer Gämsbock, der hatte schöne goldene Hörner. Es gab auch eine Herde weißer Gämsen. Und die gehörten den weißen Frauen.« Luisa machte eine Pause. Sie schien zu überlegen, wie die Geschichte weiterging. »Da hat ein böser Jäger versucht, den Gämsbock zu töten, weil er dann alle Schätze bekommt, die im Berg versteckt sind. Doch er kann ihn nicht töten, weil sich der Bock selber heilen kann: Aus jedem Blutstropfen wächst ein Wunderkraut, und die Verletzung ist weg. Er stößt den Jäger in die Tiefe. Das schöne Tal wird zur Steinwüste, weil die weißen Frauen und die weißen Gämsen weggehen.«

»Das ist aber eine traurige Geschichte.«

»Aber vielleicht kommen ja die weißen Frauen mit den weißen Gämsen irgendwann wieder«, sagte Luisa.

»Das kann gut sein. Erzählt euch Frau Campell oft solche Geschichten?«, wollte Rea wissen.

»Ja, immer wenn wir brav waren, liest sie uns etwas vor.«

Rea schaute auf die Uhr. »So, jetzt ist aber Zeit, nach Hause zu gehen.«

»Ich habe euch hier noch ein bisschen Maluns und Apfelmus eingepackt.« Madlaina streckte ihr zwei Plastikdosen entgegen.

»Das wäre aber nicht nötig gewesen.«

»Das mach ich doch gerne. Kommt gut nach Hause.«

Rea lag fast die ganze Nacht wach im Bett. So einsam hatte sie sich schon lange nicht mehr gefühlt. Wenn doch Mario nur hier wäre. Sie vermisste ihn.

Sie überlegte hin und her, wer sie an der Clozza bedroht haben könnte. Vielleicht Bott. Weil sie in der Turnhalle auf die Gefahr der versiegenden Quellen hingewiesen hatte. Doch sie konnte sich nicht vorstellen, dass ein Anwalt handgreiflich wurde. Auch war der Angreifer von einer etwas breiteren Statur als dieser Bott gewesen. Martin war es nicht gewesen, da war sie sich sicher. Martin trug keine solchen Hosen. Oder doch? Schließlich hatte er nach Luisas Geburt in einer Gärtnerei gearbeitet …

Sie treffen sich auf einem Spielplatz.

»Rea, es tut mir wirklich sehr leid. Ich weiß, was ich dir angetan habe. Ich habe dich verletzt, und ich entschuldige mich dafür.« Martin hat wässrige Augen. »Ich habe in den letzten Wochen sehr viel nachgedacht. Und ich finde gut, dass du Anzeige gegen mich erstattet hast, als ich dich zus… als ich dir wehgetan habe, und dass ich ins Gefängnis gehen musste.

Martin lehnt sich zu Luisa vor, streckt ihr den Zeigefinger hin. Rea zieht das Kind zuerst an sich. Doch dann lässt sie ihn gewähren. Luisas kleine Hand umfasst Martins Finger. Seine Augen leuchten.

»Ich habe einen neuen Job. In einer Gärtnerei.«

»Du, in einer Gärtnerei!« Rea kann sich Martin mit dreckverschmierter Hose nicht vorstellen.

»Ja, und es macht mir sogar Spaß. Den ganzen Tag draußen. Sehen, wie die Pflanzen wachsen, die verschiedenen Düfte überall. Aber du weißt ja, wovon ich spreche.«

Rea legt ihm Luisa in den Arm. Martin beginnt zu weinen. Er tut Rea leid.

»Hast du heute Abend schon etwas vor?«, fragt sie.

Er schüttelt den Kopf.

»Dann komm doch zu uns zum Abendessen.«

Er lächelt sie an. Es ist fast wieder wie früher.

11

Wie an jedem Samstagmorgen war der Dorfladen gerappelt voll. Rea war allein unterwegs. Luisa wollte sich unbedingt zu Hause das Kinderbuch anschauen, das ihr Madlaina vorbeigebracht hatte und in dem es um einen Geißbock ging. Ein Duftbuch, das unter anderem nach Pfefferminze, Erdbeere, Apfel, Honig und Lavendel roch.

Von Weitem sah Rea Leta, die damit beschäftigt war, zwei Produkte miteinander zu vergleichen. Als sie aufschaute, blickte Rea schnell verlegen zur Seite. Ihr wurde seltsam heiß, jede Zelle ihres Körpers schien sich zusammenzuziehen.

Leta kam auf sie zu. Sie trug wie immer ihre schwarze Lederjacke, Ton in Ton mit ihren dunklen Haaren, darunter ein weißes T-Shirt.

Rea starrte auf den Boden, am liebsten wäre sie darin versunken. Hoffentlich hatte sie keine roten Wangen bekommen.

»Ich möchte mich bei dir entschuldigen.« Leta lachte, ein erfrischendes offenes Lachen.

»Schon wieder.« Rea versuchte es mit Humor.

»Ich habe neulich wirklich überreagiert.« Leta stellte

den Einkaufskorb auf den Boden und steckte die Hände in die Seitentaschen ihrer Jacke. »Das war blöd von mir. Ich hoffe, du nimmst es mir nicht übel.«

»Kein Problem.« Rea versuchte vergeblich die Tränen zurückhalten. Am liebsten wäre sie Leta vor Freude um den Hals gefallen. Doch sie getraute sich nicht. Im selben Moment regte sie sich darüber auf. Die Erkenntnis, dass Leta auf Frauen stand, schien etwas an ihrer Freundschaft verändert zu haben. Sie dachte daran, wie sie sich immer herzlich begrüßten, sich auch mal in den Arm nahmen. Sie fragte sich, ob das bei Leta andere Gefühle ausgelöst hat als bei ihr.

»Ja klar, ich nehm es dir nicht übel.« Schnell strich sie eine Träne aus dem Gesicht in der Hoffnung, dass Leta nichts bemerkte. Doch es war zu spät. Leta starrte auf Reas Wange.

»Geht es dir nicht gut?« Leta berührte ihre Schulter. Es war wie ein kleiner elektrischer Schlag, der sich über Reas ganzen Arm ausdehnte. Was war nur los mit ihr? Sie wusste nicht, ob sie sich von Leta angezogen fühlte oder ob sie sich alles nur einbildete. Vielleicht stimmte es ja gar nicht, was Mario erzählt hatte.

Rea schaute sich um. Die ohnehin schon schmalen Gänge waren mit Einkaufenden und Einkaufskörben verstellt. Das halbe Dorf schien hierzusein. »Ich kann hier nicht reden.«

»Dann gehen wir doch zu mir.«

»Aber Luisa ist allein zu Hause«, entgegnete Rea.

»Dann komm ich zu dir.« Sie sagte es so bestimmt, dass Rea nichts dagegen einwenden konnte.

»Hast du übrigens schon gewählt?«, fragte Leta, als sie den Laden verließen.

»Stimmt, morgen ist Wahlsonntag. Ich habe schon vor ein paar Tagen brieflich abgestimmt.«

»Und wen hast du als Gemeindepräsidenten gewählt?«

»Dreimal darfst du raten.«

»Und du hast nicht gesehen, wer es war?«

Leta saß im Wohnzimmer auf dem Sofa, Rea brachte den Tee hinein. Luisa kauerte etwas abseits unter einem Tisch, der an der Wand stand und über den sie vorne eine Decke gehängt hatte.

»Nein, ich habe nicht mal seine Stimme erkannt.« Rea stellte den Tee auf den Couchtisch.

»Aber es war ein Mann.«

»Ja, da bin ich mir sicher.« Rea goss etwas Tee in ihre Tasse, um die Farbe zu testen. »Vielleicht Bott. Oder Martin? Wobei es mir vorkam, als ob der Mann größer war.«

»Du solltest zur Polizei gehen.«

»Damit sie mich wieder nach Mario befragen?« Sie nahm den Deckel von der Teekanne, zog das Teeei heraus und legte es auf einen Teller.

»Und was hat er genau gesagt?«

»Hast du genug vom Wasser, oder so etwas Ähnliches.« Sie legte den Deckel wieder auf die Kanne und goss Tee ein.

»Ich glaube nicht, dass das Martin gewesen ist. Du hast mir zwar viel von ihm erzählt, aber würde er wirklich so etwas machen? Das tönt mir eher nach Bott und seinen Kumpanen. Macht das Ganze aber auch nicht besser.«

»Nein, das macht es nicht.« Der war wirklich zu allem fähig, nur um sein Swater-Projekt realisieren zu können. Rea verstand jedoch nicht, wieso Bott eine Arbeiterhose getragen haben sollte.

»Ich finde, du solltest Bott zur Rede stellen.« Leta griff nach der Tasse und hielt sie in der Hand, ohne daraus zu trinken.

»Und er wird einfach so zugeben, dass er die Alpen wegen einer Abfüllanlage veröden lassen will?«

»Nein, das wird er natürlich nicht. Aber vielleicht kannst du ihn irgendwie provozieren.« Leta stellte die Tasse wieder hin.

»Du weißt, dass so etwas nicht meine Stärke ist.«

»Dein Auftritt in der Turnhalle war auf jeden Fall nicht ohne.«

»Was ist nicht ohne?« Luisa kam unter dem Stuhl hervor. »Leta, du musst noch die Düfte erraten.« Sie schwang das Geißbockbuch durch die Luft.

»Das mach ich gerne! Geh doch schon mal in dein Zimmer, und ich komme gleich«, sagte Leta, und Luisa verschwand in ihrem Zimmer.

»Oder wir versuchen es indirekt.« Rea stand auf und versicherte sich, dass Luisa außer Hörweite war.

»Wie meinst du das?«, fragte Leta.

»Wir stellen die Gemeindeschreiberin zur Rede.«

»Die Kunfermann? Was soll die schon wissen?«

»Vielleicht mehr, als du glaubst.« Rea dachte an die

Szene im Wald, als sie die Kunfermann mit Bott zusammen gesehen hatte.

»Und die packt einfach so aus?«

»Einfach so sicher nicht.«

»Du willst sie erpressen, aber …?«

»Leta, kommst du jetzt endlich?« Luisa stand auf einmal mit ihrem Buch da. »Du musst doch raten.«

»Ja, klar, meine Kleine.« Leta stand auf und ging mit Luisa in ihr Zimmer.

Bott hatte nicht gedacht, dass das Wahlergebnis schon kurz nach Mittag vorliegen würde. Er hatte es geschafft. Er war neuer Gemeindepräsident von Zuort.

Kaum hatte Bott das *Alpina* betreten, stürzte Corina mit einem großen Blumenstrauß in der Hand auf ihn zu.

»Ich freue mich ja so! Wir haben es geschafft. Also, du hast es geschafft.« Sie küsste ihn links und rechts auf die Wange und schmiegte sich an ihn. Etwas zu fest und etwas zu lange. Dann ließ sie wieder von ihm ab und drückte ihm den Blumenstrauß in die Hand. Bott legte ihn beim Eingang auf die Ablage.

Das Restaurant war beinahe voll. Er schaute in die Runde. Die Schulpräsidentin war da, und auch Grond konnte er etwas versteckt hinter dem Metzger erkennen. Das Restaurant war mit farbigen Luftballonen geschmückt. Es sah eher nach Kindergeburtstag aus als nach einer Wahlparty.

Die Anwesenden hoben das Glas und prosteten ihm

zu. »*Viva!* Auf unseren neuen Gemeindepräsidenten!« Unzählige Male wurde ihm die Hand geschüttelt und auf die Schulter geklopft. Corina wich nicht von seiner Seite und sah lächelnd umher. Sie stellte sich dicht neben ihn, wenn jemand den Fotoapparat zückte. Wie eine First Lady gebärdete sie sich.

»Die *Posta Ladina* ist auch da.« Corina winkte einem Mann zu, der einen Fotoapparat umgehängt hatte und Fotos von den Anwesenden schoss. Der Mann kam herbei, er stellte sich Bott als Claudio Solèr vor und hieß ihn, im Gang zu posieren. Wie wenn es das normalste der Welt wäre, stellte sich Corina neben ihn.

»Das ist perfekt, das Winner-Team«, sagte Solèr.

»Moment.« Bott griff an die Taschen seines Jacketts, dann in die Hosentaschen. »Mist, jetzt habe ich mein Handy zu Hause vergessen. Kannst du es mir holen?« Er holte seinen Schlüsselbund hervor und hielt ihn Corina vor die Nase.

»Klar, aber wollen wir nicht noch vorher …?« Sie deutete auf den Fotografen.

»Ich erwarte noch einen wichtigen Anruf.«

»Alles klar.« Sie schnappte sich die Schlüssel und segelte aus dem Restaurant.

Bott posierte in allen möglichen Varianten für Solèr. Zum Schluss gingen sie vor das *Alpina*. Solèr wollte noch ein Foto mit den Bergen im Hintergrund machen.

Da klingelte Botts Handy in der Innentasche seines Jacketts.

Solèr schaute ihn fragend an, doch Bott ließ ihn stehen und ging zum Dorfbrunnen, der mitten auf dem gepflasterten Platz stand. Er wollte in Ruhe telefonieren können.

»Du willst mir sicher gratulieren!« Er ahnte, wieso Karin anrief.

»Dir gratulieren? Wofür genau? Dafür, dass du mit einer anderen herummachst?« Karins Stimme klang ungewöhnlich schrill.

»Bitte lass mich das erklären.«

»Tomi hat mir alles erzählt.«

»Du kennst doch unseren Sohn. Der bauscht die Dinge immer auf. Es ist nicht so, wie ...«

»Wie ist es denn?«

»Komm, lass uns das nicht am Telefon besprechen. Ich komme heute Abend nach Hause, und dann können wir alles in Ruhe ...« Ein Vogel setzte sich auf den Messinghahn des Brunnens und versuchte, vom Wasserstrahl zu trinken.

»Das würde dir so passen. Du kannst bleiben, wo du bist.«

»Jetzt hör mir doch mal zu.« Bott winkte einem Mann zurück, der soeben das Restaurant verließ und ihm die erhobenen Daumen entgegenstreckte.

»Ich habe dir schon zu lange zugehört. Ist ja auch nicht das erste Mal, dass du so etwas tust.«

Ein schwarzer BMW fuhr vor dem *Alpina* vor, das Auto von Corina. Offenbar war sie schon wieder zurück. Bott trat etwas beiseite und versuchte, sich hinter dem Brunnen zu verstecken. Doch sie musste ihn entdeckt haben, denn sie kam direkt auf ihn zu.

»Du hast ja dein Handy. Ich dachte, es ist ...«

Bott bedeutete ihr zu schweigen.

»Und wer spricht jetzt da mit dir? Ist das etwas diese Corina?«, fragte Karin am anderen Ende der Leitung.

»Hier spricht niemand mit mir.« Was musste Corina auch immer dreinquatschen!

»Das ist ja wohl das Allerletzte. Wir telefonieren über deine Affäre, die du auch noch leugnest, und diese Person steht daneben. Ich lasse mich scheiden.« Karin hängte auf.

»Karin? Karin? – Musst du immer dreinschwatzen?«, herrschte Bott Corina an.

»Sorry, ich hab nicht gewusst, dass du mit deiner Frau telefonierst. Ich hab nicht mal gewusst, dass du dein Handy dabeihast.« Sie stutzte und starrte Bott an. »Du wolltest mich vorher einfach loswerden. Wieso wolltest du alleine auf die Fotos? Weil du nicht mehr mit mir zusammenarbeiten willst? Ist das so?« Sie trat ganz nahe an ihn heran.

Er machte einen Schritt zurück und stolperte über den Sockel, auf dem der Brunnen stand.

»Du möchtest deine Frau gar nicht verlassen. Habe ich recht? Du hast mich nur gebraucht, bis du gewählt warst.« Sie stieß ihm mit der Faust auf die Brust.

Er wich zurück. Ihr nächster Schlag traf ins Leere.

»Nun, hör schon auf. Das ist doch alles nicht wahr.« Bott überlegte, wie er sich am besten wieder mit Karin versöhnen konnte.

»Du möchtest mich abservieren, gib es zu. Wie konnte ich auch nur so blöd sein und denken, dass du deine Familie verlässt? Für dich war alles nur ein Spiel.

Ein fieses Spiel.« Das Wasser sammelte sich in Corinas Augen. Bott hatte sie noch nie weinen sehen. »Und was ist mir unserem Kind?«

»Welchem Kind?«

»Ich bin schwanger.« Sie hielt sich die Hände vor den Bauch.

»Aber das ist doch gar nicht möglich. Das sagst du jetzt einfach so, um mich gefügig zu machen.« Schließlich hatte sie ihm versichert, dass sie die Pille nahm. Bott griff nach ihrer Schulter, doch sie schüttelte seine Hand ab.

Sie kniff die Augen zusammen. Auf ihrer Stirn bildeten sich Falten. »Warte nur, so schnell wirst du mich nicht los. Ich erzähle alles der Presse. Was wir mit den Sprengungen zu befürchten haben. Was du mit Florineth gemacht hast, weil er gegen das Projekt war.«

»Ich habe Florineth nicht …«

»Erzähl das der Polizei.«

»Das wagst du nicht.«

»Wart's ab.« Sie machte rechtsumkehrt und stöckelte über den Dorfplatz. Solèr stand immer noch vor dem Restaurant und wartete. Bott überlegte, ihr hinterherzugehen. Doch er ließ es. Er musste diese Frau loswerden.

Wieso Corina Kunfermann sich unbedingt beim Felsen oberhalb des Dorfes mit ihr treffen wollte, verstand Rea nicht. Es hätte noch andere Möglichkeiten gegeben, die ebenso versteckt, aber durchaus gemütlicher gewesen wären. Aber es passte zu Kunfermann, die zu großen Auftritten neigte.

Rea ging nicht den Wanderweg, sondern nahm eine Abkürzung durch den Wald oberhalb von Zuort, den sie in- und auswendig kannte.

Den Felsen sah sie schon von Weitem. In der Abenddämmerung war er nur noch ein schwarzer Klotz und sah ziemlich bedrohlich aus.

Nach dem Gespräch mit Leta letzten Samstag hatte Rea Kunfermann anrufen wollen, doch sie war ihr zuvorgekommen.

Sie müsse sie unbedingt treffen, hatte Kunfermann am Telefon gesagt, kaum hatte Rea das Gespräch angenommen. Kunfermann hatte nicht einmal gesagt, wer dran war. Rea brauchte eine ganze Weile, um herauszufinden, mit wem sie da eigentlich sprach. Kunfermann hatte zuerst nicht sagen wollen, warum sie sie treffen wolle. Dann hatte sie etwas von der Abfüllanlage erzählt und dass Rea recht habe. Sie hatte aber so schnell gesprochen, offensichtlich war sie ziemlich nervös, dass Rea nicht alles verstanden hatte. Nur so viel, dass sie sich um acht Uhr beim Felsen treffen wollte. Sie hängte auf, ohne sich zu verabschieden.

Rea hatte Leta angerufen, um zu fragen, ob sie auf Luisa aufpassen könne. Leta fand die Idee, in der Dunkelheit in den Wald zu gehen, nicht wirklich gut. Sie wäre am liebsten mitgegangen. Doch Rea konnte sie davon überzeugen, dass sie es gewohnt war, auch am Abend im Wald zu sein, und sie das Gebiet rund um den Felsen wie ihre Westentasche kannte.

Von irgendwoher rief ein Käuzchen. Rea blieb stehen. Sie befürchtete, dass die Kunfermann sie hereinlegen wollte. Sie dachte an die Clozza und wie sie beinahe erstickt wäre. Keine schöne Erinnerung. Wiederholen wollte sie das nicht. Sollte sie nicht doch wieder umkehren? Vielleicht waren ja Letas Bedenken gerechtfertigt.

Rea griff nach einem dicken Ast, der am Boden lag. Den konnte sie im Notfall als Schlagstock verwenden. Langsam schritt sie weiter, hielt aber immer wieder inne. Doch es war nur noch das Rascheln und Knacken unter ihren Schuhen zu hören.

Je näher sie kam, desto mehr türmte sich der Fels in die Höhe. Nun erreichte sie die Lichtung, doch es war niemand zu sehen. Der Wind blies sachte durch die Baumwipfel, ließ die Kronen hin und her schaukeln. Rea schaute auf die Uhr.

Corina Kunfermann musste sich verspätet haben.

Rea ging näher. Da war etwas am Fuße des Felsens, da lag etwas auf dem Boden. Vielleicht war es ein Laubhaufen. Vorsichtig ging sie Schritt um Schritt voran, wie wenn sie über einen zugefrorenen See laufen würde und das Eis jederzeit nachgeben könnte.

Sie kramte die Taschenlampe aus ihrer Jackentasche, knipste sie an. Das musste ein Körper sein, der da auf dem Boden lag. Sie ging näher und strahlte direkt ins Gesicht von Corina Kunfermann. Der Mund stand offen, wie wenn sie schreien würde, die sonst perfekt frisierten Haare waren ganz zerzaust. Ihre Arme und Beine seltsam verdreht.

»Darf ich reinkommen?«, fragte Andri Bott, als Karin die Türe öffnete. Er hatte sich nicht getraut, den Schlüssel zu benutzen. Schon jetzt kam er sich wie ein Fremder vor.

Wortlos trat Karin zur Seite. Dunkle Ringe hatte sie unter den Augen. Sie drehte sich um und ging in die Küche. Es roch nach Braten.

»Wo sind die Kinder?« Bott folgte ihr.

»Mia ist in ihrem Zimmer und Tomi beim Fußball.«

»Karin, es tut mir leid.«

Sie stand am Herd, Bott trat hinter sie und legte ihr die Hände auf die Schultern. Sie schüttelte seine Hände ab, lief zum Kühlschrank und nahm die Butter heraus.

»Es war ein großer Fehler.«

Sie tat die Butter in eine Pfanne und ließ sie zergehen.

»Karin, bitte. Ich liebe dich. Und ich will dich nicht verlieren.«

Sie drehte sich um. »Das ist ja wie in einem schlechten Film. Was denkst du dir eigentlich? Du kannst einfach wieder hier auftauchen, und alles ist vergessen? Für wen hältst du dich?«

»Für einen, der einen Fehler gemacht hat.«

»Du kannst hier essen, aber nachher gehst du.«

»In Ordnung. Das ist mehr als fair.«

»Kannst du Mia sagen, dass es gleich Essen gibt?«

Bott ging zu Mias Zimmer und klopfte an ihre Tür. Niemand antwortete. Sachte drückte er die Türklinke.

Mia saß an ihrem Computer.

»Gibt es Abend…?« Sie drehte sich um, sah ihn und verstummte.

»Hallo, Mia«, sagte Bott.

Mia schwieg.

»Ich habe dir etwas mitgebracht. Die magst du doch so.« Er streckte ihr die kleine Nusstorte entgegen, die er im Café Conrad gekauft hatte.

Sie reagierte nicht. Er schob das Gebäck von einer Hand in die andere. Dann legte er es aufs Bett.

»Bitte, Mia, sprich mit mir.«

Sie wandte sich ab und starrte wieder auf den Bildschirm.

»Was passiert ist, hat nur mit Mama und mir etwas zu tun. Mit dir hat das nichts …«

»Lasst ihr euch scheiden?« Sie starrte weiter auf den Bildschirm.

»Ich weiß es nicht. Aber mit uns hat das …« Er brach ab.

Mia drehte den Kopf und hatte Tränen in den Augen. »Ich möchte dich nie wiedersehen.«

Rea blickte nach oben. Corina musste vom Fels heruntergefallen sein. Sie zündete mit der Taschenlampe zur Spitze des Felsens hoch und sah etwas aufleuchten. Etwas Weißes.

Es musste jemand da oben sein.

»Hallo, ist da jemand?«, rief sie. Aber es kam keine Antwort. Vom Weiß war nun auch nichts mehr zu sehen.

Sie griff nach ihrem Handy und hielt inne. Das war die dritte Leiche, die sie innerhalb kurzer Zeit gefunden hatte. Die Polizei würde ihr kaum mehr glauben, dass sie nichts mit den Toten zu tun hatte. Außerdem wusste sie nicht, was sagen, wenn man sie fragte, was sie so spät noch im Wald verloren hatte. Sie konnte wohl kaum behaupten, sie sei noch am Arbeiten gewesen. Welche Försterin arbeitete schon im Dunkeln?

Rea beschloss, wieder zurückzugehen. Sollte doch ein anderer die Leiche finden. Ihre Forstwarte, morgen früh, bei Arbeitsbeginn. Ohne noch einen Blick auf Corina Kunfermann zu werfen, wandte sie sich ab und stieg nach Zuort hinab.

Es war ein schöner Anblick, der sich Rea bot, als sie nach Hause kam. Leta und Luisa saßen zusammen auf dem Sofa und schauten sich gemeinsam ein Bilderbuch über ein Chamäleon an, das Max hieß. Es sah so friedlich aus. Gerne hätte Rea sich dazugesetzt, doch sie konnte nicht. Der Anblick kontrastierte zu stark mit dem Anblick der Toten, der ihr noch zu frisch in Erinnerung war.

»Hast du eine Zigarette?«, fragte sie Leta.

»Wie bitte? Aber du rauchst doch gar nicht.«

»Luisa, kannst du kurz hierbleiben? Wir gehen schnell nach draußen vor die Tür.«

»Aber ich will doch auch mit euch …«, maulte Luisa.

»Du machst, was ich dir gesagt habe!«, sagte Rea schroff.

Luisa verzog das Gesicht, wie wenn sie gerade losweinen wollte.

Leta strich ihr über den Kopf. »Ist schon gut. Schau

dir das Buch noch zu Ende an. Wir sind gleich wieder hier.«

Sie verließen die Wohnung und schlossen die Haustüre hinter sich. Die Wandlampe warf einen Lichtkegel ans Haus.

»War es so schlimm?« Leta hielt ihr das offene Zigarettenpack hin.

Rea klaubte mit zittrigen Fingern eine Zigarette heraus. Leta gab ihr Feuer. Sie zog den Rauch tief ein und blies ihn in die Abendluft. »Das tut gut.«

»Ich wusste gar nicht, dass du mal geraucht hast.«

»Bis vor der Schwangerschaft. Dann habe ich aufgehört. Wegen Luisa.«

»Nun komm schon, erzähl, was passiert ist. Ist es nicht gut gelaufen mit der Kunfermann?« Leta legte einen Arm um Reas Schultern.

Rea wollte die Umarmung zuerst abwehren, doch dann wendete sie sich Leta zu. »Sie, sie …« Sie konnte nicht weitersprechen. Es war, als würde es ihr den Brustkorb zerreißen.

»Nun komm schon, was ist los?«

Leta zog sie an sich, drückte sie fest. Rea heulte los. Ließ alles hinaus. Die ganze Anspannung der letzten Wochen.

Nach einer Weile kramte sie ein Taschentuch hervor und wischte sich die Tränen aus dem Gesicht. Sie hatte sich wieder einigermaßen gefangen. »Sie ist tot.«

»Was?« Leta schaute sie mit großen Augen an.

»Sie muss vom Fels gestürzt sein. Oder jemand hat sie …«

»Das ist nicht wahr. Hast du die Polizei gerufen?«

»Ich hab's mir überlegt. Aber dann ...«

»War vielleicht auch besser so. Drei Leichen in ein paar Wochen. Das ist schon etwas viel.« Leta strich Rea eine Haarsträhne aus dem Gesicht.

»Was kann ich denn dafür, dass die alle im Wald sind? Das ist halt mein Arbeitsort.«

»Ja, aber nicht mitten in der Nacht.«

»Genau das habe ich mir auch überlegt, als ich die Polizei nicht gerufen habe.«

»Das war sicher Bott. Sie wollte uns etwas mitteilen. Sicher wollte sie deine These mit der Wasserknappheit bestätigen. Und er wollte sie daran hindern.«

»Ich habe etwas gesehen. Da war etwas Weißes oben auf dem Felsen.«

»Hast du jemanden erkannt?«

»Nein. Da war nur dieses Weiß.«

»Was machen wir jetzt?«

»Warten, bis meine Männer die Leiche morgen früh entdecken.«

»Wieso deine Männer?«

»Wir sind unter dem Fels am Roden. Genau da, wo die Leiche liegt.«

12

»Ich geh mein Bild fertig malen.« Kaum hatte Madlaina die Haustüre geöffnet, stützte Luisa schon hinein.

Rea wollte sich gerade von Madlaina verabschieden, als sie die Polizeisirene hörte. Ob es der Krankenwagen oder die Streife war, konnte sie nicht unterscheiden.

Madlaina zuckte zusammen. Vielleicht erinnerte sie das Geräusch an den Tod ihres Mannes. Sie tat Rea leid.

Die Sirenen verstummten. Der Wagen war offenbar am Ende des befahrbaren Weges angekommen. Jetzt mussten die Beamten aussteigen und den letzten Abschnitt zu Fuß gehen. Rea schaute auf die Uhr. Viertel nach sieben. Ihre Mitarbeiter hatten ihre Arbeit anscheinend pünktlich um sieben begonnen und wenig später die Leiche entdeckt.

»Was ist denn nun schon wieder los?«, fragte Madlaina. »Nimmt das denn gar kein Ende?«

»Keine Ahnung«, log Rea. »Vielleicht ein Wanderer, der sich verletzt hat?«

»So früh am Morgen? Da sind doch noch keine Wanderer unterwegs.«

»Vielleicht einer, der vor dem Frühstück joggen gegangen ist. Wie auch immer. Ich muss jetzt los. Gib Luisa einen Kuss von mir.«

»Vielleicht machen wir heute einen kleinen Ausflug. Sie hat ja heute Nachmittag frei.«

»Ja, macht das.« Rea musste sich beeilen.

Diesmal hatte die Polizei nicht vor die Feuerwehrausfahrt parkiert, sondern ihren Wagen neben die anderen auf den Parkplatz gestellt.

Rea lief die Treppe hoch, Grond hastete an ihr vorbei. Er wirkte in Eile und grüßte sie kaum. Er hatte sich in den letzten Tagen merkwürdig aufgeführt. Es sah so aus, als ob er ihr aus dem Weg gehen würde. Gerade gestern, als sie am Automaten einen Kaffee holen wollte, war er den Gang heruntergekommen und hatte sich in der Mitte einfach wieder umgedreht. Wie wenn er etwas vergessen hätte.

Oben an der Treppe wartete bereits Not Caviezel von der Kantonspolizei auf Rea. Er bat sie in ihr Büro.

»Wir haben eine Leiche gefunden.«

»Schon wieder?«, rutschte es Rea heraus.

»Ja, und wissen Sie, was merkwürdig ist?«

»Nein, aber Sie werden es mir sicher gleich mitteilen.«

»Dass sie nicht von Ihnen gefunden wurde.«

»Ich bin Försterin und keine Leichen…«

»Immerhin wurde die Leiche von Ihren Mitarbeitern gefunden.«

»Ach ja?« Rea fragte sich, wieso sie Jörg und Flurin nicht angerufen hatten. Vielleicht hatten sie Rea schonen wollen und direkt die Polizei gerufen.

»Was wissen Sie davon?«

»Gar nichts. Meine Mitarbeiter haben mich nicht informiert.«

»Schon seltsam, dass die Leichen immer dort rumliegen, wo Sie am Arbeiten sind.«

»Nun hören Sie mal. Ich weiß nicht, was Sie mir unterschieben wollen. Aber ich kann auch nichts dafür, wenn sich jemand den Wald als Tatort aussucht. Ich wäre jedenfalls froh, wenn ich nicht alle paar Tage einem Ermordeten begegnen …«

»Wieso wissen Sie, dass jemand ermordet wurde?«

»Das nehme ich an. Wieso wären Sie sonst hier?«

»Es könnte ja auch Selbstmord sein. Was haben Sie unten am Fels zu tun?«

»Wir sind am Roden. Gestern Abend um sechs haben wir die Arbeitsstelle verlassen. Und da gab es noch keine Leiche.«

»Wieso glauben Sie, dass die Leiche dort gefunden wurde?«

»Weil Sie es mir vorhin gesagt haben. Jetzt machen Sie nicht so ein Theater, und sagen Sie einfach, was Sie von mir wollen.« Rea war selber über ihre Worte überrascht.

»Ihre Mitarbeiter haben heute früh am Fuße des Felsens oberhalb von Zuort eine Leiche gefunden. Was haben Sie zwischen sechs und vierundzwanzig Uhr gemacht?«

»Ich war … zu Hause.«

»Kann das jemand bestätigen?«

»Nein, meine Tochter hat ab acht geschlafen.«

»Also kann es niemand bestätigen.«

»Nein.«

»Demnach sind Sie verdächtig.«

»Jetzt hören Sie schon auf. Ich wüsste nicht, wieso ich Frau Kunf…«

»Wieso wissen Sie, dass es sich um Frau Kunfermann handelt?«

»Weil ich sie gefunden habe. Gestern Abend.«

»Das ist interessant. Und was haben Sie da beim Felsen gemacht?«

»Ich habe mein Handy bei der Arbeit verloren und bin es suchen gegangen, und da habe ich Frau Kunfermann …«

»Sie war also schon tot, als Sie sie fanden?«

Rea seufzte. »Ja.«

»Sind Sie sich da sicher? Es ist immerhin schon Ihre dritte Leiche, die Sie binnen kurzer Frist finden.«

»Ich habe nichts, rein gar nichts mit diesen Todesfällen zu tun. Vielleicht sollten Sie lieber mal mit dem neuen Gemeindepräsidenten sprechen.«

»Mit Andri Bott? Wieso?«

»Ich glaube, er kam mit Frau Kunfermann ziemlich gut aus.«

»Wie meinen Sie das?«

»Genau so, wie ich es sage.«

Er hatte den höchsten Punkt erreicht. Zuoberst auf dem Gipfel blieb er kurz stehen und schaute ins Tal hinunter. Direkt unter ihm weideten ein paar Gämsen am spärlichen Gras. Eine schaute zu ihm hoch und fraß in aller Ruhe weiter. Zuunterst mäanderte ein Fluss. Noch ein paar Tage, und er hatte sein Ziel erreicht.

Er machte sich an den Abstieg. Der Untergrund war auf dieser Seite ziemlich locker, und er geriet immer wieder ins Rutschen. Weiter unten fand er ein paar Beeren. Sie würden seinen größten Hunger stillen.

Bott saß in seinem Haus beim Frühstück. Er hatte schlecht geschlafen. Er sagte sich immer wieder, dass es keinen Grund zur Sorge gebe. Schließlich hatten die Ingenieure alles genau berechnet. Sprengungen lösten jedoch Erschütterungen im Fels aus. Dadurch konnten sich Gesteinsverschiebungen ergeben, die bestehende Wasserwege verschlossen. So musste sich das Wasser neue Wege durch den Fels suchen, was dazu führen konnte, dass Quellen versiegten.

Heute war der Tag, an dem sich das entscheiden würde. Es war seine erste Aufgabe als neuer Gemeindepräsident, die Sprengung auszulösen, doch natürlich erst, nachdem der Sprengmeister alles kontrolliert hatte.

Das Telefon klingelte. Es war Grond.

»Corina ist tot.« Er kam gleich zur Sache.

»Wie bitte?« Corina tot. Das konnte nicht wahr sein.

»Meine Mitarbeiter haben sie gefunden, unten am Felsen. Entweder hat sie sich in die Tiefe gestürzt, oder sie ist ermordet worden. Und wieder sind meine Leute involviert. Das macht mich ganz nervös. Und dann ist da noch diese Rüegg …«

»Jetzt beruhige dich erst mal wieder. Ich verstehe nicht ganz, was dein Problem ist. Verdächtigst du etwa deine Mitarbeiter?«

»Nein, natürlich nicht. Aber wieso finden immer sie die Leichen? Das wird der Polizei mit der Zeit auch seltsam vorkommen, und sie beginnen rumzustochern. Und dann fliegt alles auf.«

»Aber Grond, mein lieber Freund. Wenn wir zusammenhalten, fliegt gar nichts auf. Wir müssen jetzt nur Ruhe bewahren, den heutigen Tag hinter uns bringen. Vielleicht läuft ja auch alles so, wie es soll, und es gibt keine Kollateralschäden. Mach doch einfach mal heute frei. Geh mit deiner Frau ins *Bogn,* oder mach sonst was Schönes.«

»Aber ich kann doch meine Mitarbeiter nicht im Stich lassen.«

»Dann geh zu deinen Mitarbeitern, und rede ihnen gut zu. Aber vorher beruhigst du dich gefälligst.«

»Gut, ich werde mal schauen, ob ich sie irgendwie unterstützen kann.«

Das Gespräch mit Caviezel hatte fast eine Stunde gedauert. Aber es hatte sich gelohnt. Rea war überzeugt, dass er den Köder geschluckt hatte und sich nun Bott vornehmen würde.

Sie fuhr mit ihrem Subaru durchs Dorf und dann ein Stück den Berg hinauf. Schon von Weitem hörte sie das Kreischen der Sägen. Jörg und Flurin hatten trotz des Leichenfunds mit dem Roden begonnen.

Sie parkte ihr Auto neben einem blauen Volvo, der ihr bekannt vorkam. Es war Gronds Fahrzeug. Was wollte der hier im Wald? Grond ließ sich nur selten außerhalb des Büros blicken. Sie stieg den Abhang hinauf, das Plärren der Motorsägen wurde immer lauter. Dann endlich erblickte sie ihre Mitarbeiter, wie sie riesige Stämme entasteten. Sie sahen aus wie Leuchtkäfer inmitten des Tannengrüns. Nur einen hatte sie zuerst gar nicht gesehen. Er stand etwas abseits und trug etwas Dunkelblaues. Sie ging näher heran. Der Mann hob den Kopf, und Rea erkannte Grond.

»Was machst du denn hier?«, fragte Rea erstaunt.

»Ich musste mal raus.« Er nahm seinen Helm ab und wischte sich mit einem Taschentuch übers Gesicht. Dann setzte er sich auf einen Baumstrunk. Er sah ziemlich müde aus. »Ich wollte euch etwas unterstützen. Ist ja wirklich nicht einfach. Nun schon die dritte Leiche, die in unserem Wald gefunden wurde. Da kann ich mir gut vorstellen, dass der eine oder der andere gar keine Lust mehr hat, im Wald zu arbeiten.«

»Hat sich jemand geweigert?«

»Ja, der Jörg war ziemlich mit den Nerven runter. Aber ich konnte ihn wieder ein bisschen motivieren. Habe ihm gesagt, er solle es mal bis zum Mittag versuchen. Wenn es dann nicht besser geht, kann er nach Hause gehen.«

Rea wollte gerade sagen, dass solche Entscheidungen eigentlich ihre Aufgabe wäre, aber sie ließ es bleiben. Grond schien aus dem letzten Loch zu pfeifen, er tat ihr richtig leid.

»Am besten, du gehst jetzt nach Hause und ruhst dich etwas aus. Ich kann hier übernehmen«, sagte sie.

»Das ist eine gute Idee, ich bin die schwere Arbeit nicht mehr gewohnt.« Er zog nochmals sein Taschentuch hervor und wischte sich damit übers Gesicht. Als er es einstecken wollte, fiel es zu Boden. Rea bückte sich, um es aufzuheben. Es war direkt neben Gronds linken Schuh gefallen. Sie wollte sich gerade wieder aufrichten, da blickte sie auf ein Logo, das unten am Abschluss seiner Hose angebracht war. Es zeigte ein weißes Hirschgeweih.

Bott trug sein bestes Hemd. Zum Glück hatte Corina den ganzen Anlass noch vor ihrem Tod organisiert. Gewissenhaft wie sie war … gewesen war, verbesserte er sich in Gedanken. Er vermisste sie. Auch wenn sie ihm in den letzten Wochen gehörig auf die Nerven ging. Doch jetzt war sie weg. Und sie würde nicht wiederkommen.

Auf dem Kiesplatz standen Festbänke. Sogar an Sonnenschirme und Blumen hatte Corina gedacht. Alle großen Investoren waren gekommen. Und er konnte ihnen zum ersten Mal zeigen, wo ihr Geld hinfloss, das heißt, er konnte ihnen zeigen, wo es herausfloss. Denn heute galt es, den Grundstein für die Abfüllanlage zu legen. Das Gelände am Eingang zum Val Fluors war ziemlich unwegsam und gebirgig, deshalb war es unumgänglich, für die Abfüllanlage einen Teil des Felsens herauszusprengen.

Das kleine schwarze Kästchen stand vor ihm. Es trug eine rote Schleife.

Bott bedankte sich bei allen Anwesenden und wies auf die Wichtigkeit dieser Quelle für die Zukunft von Zuort hin.

»Wir werden jetzt den Grundstein dafür legen.« Er griff nach der Zündmaschine, kurbelte ein paarmal, steckte den Schlüssel hinein und drehte ihn um.

Das ist nicht wahr! Reas Beine begannen zu zittern. Sie japste nach Luft, spürte wieder die kalte Clozza, das eisige Wasser, das in ihre Lungen floss. »Du warst das. Das ist das Allerletzte.«

Grond verstand sofort, was sie meinte. Er schien noch mehr in sich zusammenzufallen. »Es tut mir so leid, Rea.«

Sie machte einen Schritt auf ihn zu. »Du hättest mich fast ertränkt.« Am liebsten hätte sie ihm einen Stoß versetzt. Aber er war immer noch ihr Vorgesetzter.

»Es war Botts Idee. Ich musste dich zum Schweigen bringen. Wegen der Gefahr der Wasserknappheit auf den Alpen.«

»Es geht also nur um euer dämliches Wasserprojekt.«

»Er hat mich unter Druck gesetzt. Ich konnte nicht anders. Bitte zeig mich nicht an.« Er klang ziemlich weinerlich.

»Nicht, wenn du mir hilfst, diesen Bott dingfest zu machen und dieses bescheuerte Projekt zu verhindern.«

»Dazu ist es zu spät.« Grond schaute auf seine Armbanduhr. »Die Sprengung ist in ein paar Minuten.«

In diesem Moment hörte man einen Knall. Rea kam es vor, als ob der ganze Wald zitterte. »Was war das?«

»Das war die Grundsteinlegung.«

»So ein Mist, ein blöder.« Rea stieß mit dem Schuh an einen Baumstrunk. »Ihr seid doch wirklich die letzten Idioten.«

13

Es war noch dunkel, als er wach wurde. In der Ferne blökte ein Schaf. Vielleicht war wieder eines abgestürzt. Oder der Bär unterwegs. Curdin griff nach seiner Hose und schlüpfte hinein. In der Küche roch es nach Rauch.

Er öffnete die Tür und blieb wie jeden Morgen kurz stehen. Schaute das Panorama an, die Sonne, wie sie das Weiß aus den Bergspitzen herauskitzelte. Den Piz Steila auf der gegenüberliegenden Seite des Tals, der wie ein riesiger Zahn in der Bergkette lag. Es würde ein schöner Tag werden.

Doch irgendetwas störte ihn. Etwas schien anders zu sein, schien zu fehlen. Aber was? Er dachte nach, gab bald wieder auf. Wie konnte man etwas, das fehlte, zu fassen bekommen?

Curdin trat zum Brunnen, um sich Gesicht und Hände zu waschen. Er formte seine Hände zu einer Schale und wollte sie unter den Strahl halten. Doch da war gar kein Strahl. Erst jetzt wurde ihm bewusst, was ihn vorher irritiert hatte. Das Rauschen des Brunnens, das hatte gefehlt.

Seltsam, ein Unwetter hatte es in den letzten Tagen

nicht gegeben. Auch von einem größeren Felssturz hätte er gewusst.

Er ging wieder in die Hütte zurück und rief Rico an, den Kollegen auf der Nachbarsalp. Zuerst war besetzt, dann nahm Rico endlich ab. Bei ihm kam auch kein Wasser mehr aus der Leitung, bestätigte er, aber er sei nicht der Einzige. So wie es aussah, ging es den meisten Alpen im Val Fluors so. Sie hatten kein Wasser.

Wie jeden Morgen nahm Ursulina die Flasche aus dem Schrank, verließ das Haus und ging zum Dorfbrunnen. Die Nachbarn lachten sie immer aus, weil sie behauptete, das Wasser vom Brunnen sei besser als dasjenige, das bei ihr zu Hause aus der Leitung floss. Doch seit sie sich erinnern konnte, holte sie das Trinkwasser vom Dorfbrunnen, und daran wollte sie auch auf ihre alten Tage nichts ändern.

Sie dachte an die beiden Morde, während sie zum Brunnen schlurfte. So etwas hätte es früher nicht gegeben. Diese Grausamkeit. Wie wenn es nicht genügte, jemanden umzubringen. Dass man ihn dann auch noch wie ein Tier aufhängen musste. Der Mörder konnte nur ein kranker Geist gewesen sein.

Doch verwunderlich war Florineths Tod nicht. Er hätte die weiße Gämse nicht schießen sollen, das war ein Fehler gewesen. Denselben Fehler hatte auch ihr Urgroßvater gemacht. Und binnen eines halben Jahres war er gestorben. Ein Steinschlag. Viele hatten damals an einen Zufall geglaubt. Zur falschen Zeit am falschen

Ort. Doch Ursulina war sich sicher. Ihr Urgroßvater musste wegen dieser Gämse sterben.

»Da kommt die alte Ursulina!«

Sie hörte die Kinder schon von Weitem. Sie selber hatte nie welche gehabt. Vielleicht war sie deshalb auf das Alter etwas seltsam geworden. Das sagte jedenfalls ihre Schwester. Die hatte mit vier Kindern gerade für zwei Nachwuchs produziert.

»Ursulina, Ursulina!«

»Was ist denn mit euch los heute?«

»Das Wasser!«, sagte ein kleiner Junge.

»Was ist mit dem Wasser?«

»Es hat keines mehr.«

»Ihr macht euch doch nur über mich lustig.«

»Nein, bestimmt nicht. Das würden wir nie wagen.« Das kleine Mädchen hüpfte aufgeregt vor ihr auf und ab.

»*Vuolps!* Schlitzohren. Das soll ich euch nun glauben.«

»Doch, es ist wahr. Jemand hat es abgestellt.« Das Mädchen und der Junge packten sie an je einem Ärmel. »Komm und schau selber nach.«

»Ja, ja, aber nur mit der Ruhe. Ich bin kein junges Pferdchen mehr so wie ihr.«

Sie schlurfte zum Brunnen und traute ihren Augen nicht. Kein einziger Tropfen Wasser floss aus der Röhre.

»Hast du es schon gehört?« Leta stand mit einer Flasche Rotwein vor Reas Türe.

»Was gehört?«

»Das Wasser auf den Alpen, es ist versiegt. Und auch beim Dorfbrunnen kommt kein Wasser mehr.«

»Die haben bei der Arbeit etwas von einer versiegten Quelle erzählt. Ich wollte dich noch anrufen, aber dann hatte ich so viel zu tun. Und nach der Arbeit musste ich noch Luisa bei Madlaina abholen. Aber komm doch herein, wir sind gerade mit dem Znacht fertig.«

»Hallo, Luisa.« Leta trat in die Küche.

»Hallo, Leta.« Luisa war damit beschäftigt, aus zwei Kartoffeln eine Art Schneemann zu bauen.

»Dann ist es also passiert«, sagte Rea. »Die haben gestern mit den Arbeiten für die Abfüllanlage begonnen.« Durch die Sprengung musste eine Kluft verschlossen worden sein. Mario hatte recht gehabt. Es war genau das passiert, was er vorausgesagt hatte.

»Jetzt ist der Bott dran! Endgültig.« Leta setzte sich neben Luisa an den Tisch. »Er muss als Gemeindepräsident zurücktreten. Aber wird er dadurch auch mit dem Mord an Florineth in Verbindung gesetzt?«

Rea blickte auf Luisa und bedeutete Leta zu schweigen. Luisa war immer noch dabei, die beiden Kartoffeln aufeinanderzustapeln.

»'tschuldigung«, sagte Leta.

»Das ist wie in der Geschichte mit dem weißen Gämsbock«, sagte Luisa plötzlich und blickte von ihrem Teller hoch. Die Kartoffeln lagen jetzt nebeneinander.

»Was ist wie in der Geschichte?«, wollte Rea wissen.

»Dass alles zu einer Steinwüste wird, weil die weißen Frauen weggehen.«

Rea dachte nach. Luisa hatte damals die Geschichte von den weißen Gämsen erzählt. Und kurz darauf von Diana, die gesagt hatte, dass jemand sterben würde. »Stimmt, da hast du recht.«

»Und Diana hat das auch immer gesagt.«

»Wer ist Diana?« Leta schaute Luisa verwundert an.

»Sie ist meine Freundin.«

»So, so.«

»Sie weiß immer alles.«

Rea wollte nicht, dass Luisa wieder über Diana zu sprechen begann. »So, Luisa, es ist langsam Zeit, ins Bett zu gehen. Zeigst du mal Leta, wie schnell du deinen Pyjama anziehen kannst?«

»Muss ich nicht noch meine Kartoffeln essen?«

»Die kannst du stehen lassen.«

»Okay.« Luisa verschwand in ihrem Zimmer.

»Was ist mit dieser Diana?« Leta lächelte.

»Ach, das ist eine lange Geschichte. Erzähl ich dir später mal.« Rea nahm die Flasche Rotwein, die Leta mitgebracht hatte, und entkorkte sie. »Ich weiß jetzt, wer das an der Clozza war.«

»Sag, wer war es?«

»Willst du auch?« Rea deutete auf die Flasche.

»Ja, gerne. – Nun sag schon.«

»Es war Grond.«

Leta sah sie mit großen Augen an. »Wieso Grond? Grond ist doch dein Chef!«

»Er habe im Auftrag von Bott gehandelt. Behauptet er.« Rea nahm zwei Gläser aus dem Schrank und stellte sie auf den Küchentisch.

»Und was hat die Polizei gesagt?«

»Ich war nicht bei der Polizei.« Sie füllte die Gläser.

»Was? Wieso nicht?«

»Vielleicht kann Grond uns ja noch mal nützlich sein.«

»Er hat dich beinahe umgebracht.« Leta nahm einen großen Schluck.

»Er wollte mich nur einschüchtern. Wegen der Quellen.« Rea nippte an ihrem Rotwein. »Aber das Problem ist ja vom Tisch oder auf dem Tisch, wie man's nimmt. Vielleicht kann er uns helfen, Bott zu überführen und Mario damit zu entlasten.«

»Ich finde, du solltest die ganze Bande anzeigen. Schließlich hat Bott zwei Menschen auf dem Gewissen.«

»Und die Beweise?«

»Die soll die Polizei finden. Was ist eigentlich mit Mario? Der könnte doch auch mal was liefern, falls er es nicht selber gewesen ist.«

»Nun hör schon auf. Der hat sich sicher nach Italien abgesetzt.«

»Na, bravo!«

Bereits am nächsten Tag stand es in der Zeitung: *Frisch gewählter Gemeindepräsident tritt zurück.* Im ganzen Dorf gab es nur noch ein Thema: Bott und seine Machenschaften. Auch Madlaina sprach von nichts anderem, als Rea Luisa bei ihr abholte, sogar noch, als Luisa bereits im Auto saß und wartete.

»Es ist eine Schande«, sagte sie, »was dieser Bott angestellt hat. Es würde mich nicht wundern, wenn der noch mehr Dreck am Stecken hat.«

»Wie meinst du das?«, wollte Rea wissen.

»Ich sage dir jetzt etwas, das ich noch nie jemanden gesagt habe. Remo ist gegen diese Abfüllanlage gewesen. Er hat sich vehement dagegen gewehrt. Wieso er das getan hat, das habe ich nicht gewusst. Aber jetzt ist mir alles klar. Er wollte die Alpen schützen.«

»Und deshalb hat Bott ihn umgebracht?« Marios Vermutung war also richtig gewesen.

»Ich habe ihn nie gemocht, diesen Anwalt aus Chur. Der ist schon immer so großspurig aufgetreten, hat gemeint, er wisse, was gut sei für die Region. Es würde mich nicht verwundern, wenn er etwas mit dem Tod von Remo zu tun hätte.«

»Würdest du das auch der Polizei erzählen?«

»Der Polizei? Mit denen habe ich ja schon gesprochen. Aber dazu haben sie mich nicht befragt. Ich hätte es ihnen auch nicht erzählt. Das sind ja nur Mutmaßungen.«

»Du solltest trotzdem zur Polizei gehen.«

»Und was soll ich denen erzählen? Dass mein Mann gegen ein Projekt war, das unsere Alpen veröden lässt? Dass er für nichts gestorben ist? Dass nun genau das eingetroffen ist, was er vorausgesagt hat?«

»Und wie wäre es, wenn ich es der Polizei …«, fragte Rea zaghaft.

»Mach, was du willst. Ich möchte mit dem Ganzen nichts mehr zu tun haben.«

Da hupte es mehrmals laut hintereinander. Rea

zuckte zusammen und blickte zu ihrem Auto. Luisa war auf den Vordersitz geklettert und haute mit der flachen Hand aufs Steuerrad. Rea musste den Zündschlüssel stecken lassen haben.

Ein Specht klopfte an einen Baum. Immer wieder. Unablässig. Rea erwachte. Der Specht war weg, aber es klopfte immer noch. Das musste an der Haustüre sein. Sie zog ihren Morgenmantel an und schaute durch den Türspion. Mario. Schnell öffnete sie die Tür und ließ ihn eintreten. Er trug immer noch dasselbe Hemd wie beim letzten Mal. Sein Bart war noch etwas länger geworden. In der Hand hielt er ein Alpenvergissmeinnicht.

»Was willst du denn hier so spät?«

»Ich habe das von den Quellen gehört und gedacht, jetzt ist der richtige Zeitpunkt, um Bott auffliegen zu lassen.«

»Komm, setz dich.« Sie bat ihn in die Küche. »Ich habe Neuigkeiten. Willst du einen Kaffee? Oder ein Bier?«

»Gerne einen Kaffee. – Was für Neuigkeiten?«

Sie erzählte Mario, was ihr Madlaina mitgeteilt hatte.

»Und geht sie damit zur Polizei?«

»Nein.«

»Das ist typisch Madlaina. Seit ich sie kenne …«

»*Ich* werde gehen«, unterbrach ihn Rea. Sie wollte nicht wissen, wie gut Mario Madlaina kannte. Und vor allem nicht, wieso.

»Hast du dir das gut überlegt?«

»Ja, jetzt ist er fällig.« Sie nahm das Kaffeepulver aus dem Schrank.

»Hast du überhaupt Beweise?«

»Natürlich sind das alles Vermutungen, aber die Polizei kann ja auch noch etwas machen.« Sie füllte den Kolben mit Kaffeepulver und schraubte ihn in die Maschine.

Da spürte sie Mario hinter sich. Er legte seine Hände auf ihre Hüften. Jetzt küsste er sie auf den Hals. Dann steckte er ihr das Vergissmeinnicht vorne in den Morgenmantel.

Sie drehte sich um, wollte etwas sagen, dachte an Leta, wischte den Gedanken beiseite. Er küsste sie auf den Mund. Seine Zunge war kühl und schmeckte nach Wald. Er hob sie auf, ganz sachte, trug sie ins Schlafzimmer und legte sie rücklings aufs Bett.

Er schälte sie aus dem Morgenmantel, küsste ihre Brüste, ihren Bauch. Dann zog er sich ebenfalls aus und legte sich auf sie.

Als es vorbei war, drehte sie sich zur Seite und blickte direkt auf das Alpenvergissmeinnicht. Es lag auf dem Kopfkissen. Sie nahm es in die Hand und schnupperte daran. Es roch nach Sonne und Bergen.

14

»Ich hätte nicht gedacht, dass ich Sie so schnell wiedersehen werde, Frau Rüegg.« Caviezel saß gelangweilt hinter seinem Schreibtisch. Er rappelte sich auf und gab ihr die Hand.

Sie bereute bereits, hierhergekommen zu sein. Eigentlich hatte sie am Morgen früh Leta anrufen wollen. Doch sie tat es nicht. Vielleicht war es das schlechte Gewissen, das sich bemerkbar machte. Weil sie mit Mario geschlafen hatte. Aber was hatte das mit Leta zu tun? Sie war doch ihre Freundin. Oder war sie doch mehr?

Sie wollte Leta fragen, ob sie wieder auf Luisa aufpassen würde. Letas Job musste ja bald vorbei sein. Doch Rea schaffte es nicht, Letas Nummer zu wählen. Stattdessen rief sie Grond an und sagte ihm, sie würde zur Polizei nach Chur fahren.

Grond hatte ihr darauf den ganzen Tag freigegeben. Seit sie ihm versprochen hatte, ihn nicht anzuzeigen, war er wie ein Lämmchen. Fragte, wie es ihrer Tochter ging, ob sie klarkomme, ob sie nicht erst später am Morgen beginnen wolle. Er könne ja die erste Stunde übernehmen und die Arbeiter instruieren.

»Bitte setzen Sie sich.« Caviezel bot ihr einen Stuhl an. »Was haben Sie mir mitzuteilen? Ist etwa Mario Tomaschett aufgetaucht?« Er setzte sich wieder hin und malte mit einem Bleistift Kringel auf einen Block.

»Nein, ich bin wegen Andri Bott hier. Haben Sie ihn schon zum Mord an Remo Florineth befragt?«

»Ich darf Ihnen zum aktuellen Stand der Ermittlungen nichts sagen.« Er schaute kurz auf und malte weiter.

»Ich glaube, dass er Florineth umgebracht hat.«

»Und wie kommen Sie darauf?« Caviezel sah Rea an, er schien langsam aufzuwachen.

»Seine Witwe hat mir gesagt …«

»Frau Florineth? Aber wieso ist sie nicht selber hier?«

»Es haben es nicht alle so mit der Polizei.«

»Das ist eine …«

»Florineth war gegen die Abfüllanlage.« Rea schnitt ihm das Wort ab. »Er stand Botts Plänen im Weg. Seine Meinung als Gemeindepräsident war ausschlaggebend.«

»Und deshalb soll Bott Florineth umgebracht haben?«

»Das ist doch ein Motiv.«

Caviezel überlegte. »Gut, ich werde mir diesen Bott nochmals vornehmen.«

»Sie haben also bereits mit ihm gesprochen.«

»Das habe ich nicht gesagt.«

»Doch, Sie haben ›nochmals‹ gesagt.«

»Egal. Ich werde auf jeden Fall mit ihm sprechen.« Er nahm den Block und warf ihn auf einen Stapel Akten.

Luisa war bereits im Bett. Rea sammelte in der Stube die Spielsachen zusammen und verstaute sie in einem Korb. Das war nicht gerade gut gelaufen bei der Polizei. Sie war sich nicht sicher, ob Caviezel wirklich gegen Bott ermitteln würde. Er machte alles andere als einen dynamischen Eindruck. Natürlich fehlten ihr auch die Argumente, um ihn zu überzeugen. Sie hatte schlicht keine Beweise. Gerne hätte sie jetzt darüber mit Mario gesprochen. Sie vermisste ihn auch sonst.

Da klopfte es an der Türe. Mario. Sie freute sich. Ohne durch den Spion zu schauen, öffnete sie schwungvoll die Tür. Und hätte sie am liebsten gleich wieder geschlossen. Vor ihr stand Andri Bott. Er trug seine Krawatte locker um den Hals, den obersten Hemdknopf hatte er geöffnet.

Er ließ sich nicht hereinbitten, sondern trat wie selbstverständlich in Reas Wohnung.

»Aber bitte, kommen Sie doch herein.« Sie verbeugte sich leicht. »Soll ich gleich die Polizei rufen, oder haben Sie mir noch etwas zu sagen?«

»Ich war gerade bei der Polizei. Sie können da gerne anrufen.«

»Lassen Sie mich raten, das Gespräch ist für Sie nicht wirklich gut verlaufen.« Rea staunte, wie ruhig sie blieb.

Er baute sich vor ihr auf. »Ich bitte Sie, sofort mit diesen Verleumdungen aufzuhören. Sonst …«

»Sonst was? Lande ich dann auch am Fuße eines Felsens oder aufgeschlitzt zwischen zwei Bäumen?«

»Was soll das? Ich habe niemanden umgebracht.« Er

machte einen Schritt auf sie zu. Rea ging rückwärts Richtung Küche. Er kam immer näher. Sie dachte an die Szene im Wald, Bott mit blutverschmierten Händen.

»Was wollen Sie eigentlich von mir? Zuerst dieser Auftritt an der Wahlveranstaltung, und jetzt diffamieren Sie mich bei der Polizei?«

»Das mit den Quellen hat gestimmt.«

»Es gab eine minimale Wahrscheinlichkeit von einem Prozent, dass so etwas passieren könnte.«

»Und die ist zu hundert Prozent eingetroffen.«

»Das konnte niemand vorhersagen.«

»Und wieso sind Sie dann zurückgetreten?«

»Das fragen Sie mich?«

Rea trat einen Schritt in die Küche, überlegte, womit sie sich verteidigen könnte. Sie nahm einen Stuhl und stellte ihn zwischen sich und Bott hin.

Er lachte. »Ich tu Ihnen schon nichts.«

»Wie an der Clozza.«

»Das war ich nicht, das war Grond.«

»In Ihrem Auftrag.«

»So ein Blödsinn. Ich habe gesagt, er solle Sie zur Vernunft bringen. Aber mit Worten. Doch nicht so.«

»Ich glaube Ihnen kein Wort.«

»Das sollten Sie aber.« Er nahm den Stuhl und stellte ihn scheppernd zur Seite. Dann machte er einen Schritt auf Rea zu und hob die Hand.

Plötzlich stand Luisa unter dem Türrahmen. Sie hatte Giacumin unter dem Arm. »Mama, ich kann nicht schlafen.« Sie rieb sich die Augen.

»Komm, wir gehen wieder ins Bett.« Rea stieß Bott

zur Seite und nahm die Kleine auf den Arm. Sie trug sie aus der Küche, ohne dabei Bott anzublicken.

»Was will der Mann denn?«, fragte Luisa, als sie in ihrem Zimmer waren.

»Der möchte mir nur etwas sagen.«

»Ist er böse?«

»Nein, nein.«

»Aber er hat so laut gesprochen.«

»Das tut er immer. Er ist nicht böse. Vielleicht etwas verzweifelt.«

»Der Arme.«

Rea bettete Luisa ein und las ihr noch eine Geschichte vor.

Dann ging sie in die Küche zurück. Bott war verschwunden. Der Stuhl stand wieder an seinem angestammten Platz.

»Da, schau, ein Murmeltier!« Luisa zeigte auf einen Fels, der wie eine müde Kuh am Hang lag.

Sie blieben stehen und beobachteten das Tier, das sich immer wieder auf die Hinterbeine stellte und die Nase in die Höhe reckte.

»Komm, wir gehen noch etwas näher«, sagte Leta.

Rea blickte zu Leta, die Luisa bei der Hand nahm und vorsichtig ein paar Schritte vorwärts machte. Sie selber blieb stehen. »Gut, dass die Jagd vorbei ist«, flüsterte sie. »Dann muss es sich nicht mehr fürchten.«

Luisa nickte. »Die blöden Jäger«, flüsterte sie. »Da, guckt mal!« Sie zeigte auf das Murmeltier, das sich aufgerichtet hatte und einen Pfeiflaut von sich gab. Es wartete einen Augenblick, dann verschwand es in einem Loch.

»Jetzt haben wir's erschreckt«, sagte Luisa. »Wo ist es nur hingegangen?«

»In seine Höhle vermutlich«, antwortete Rea.

»Aber wir wollten ihm doch nichts tun.«

»Das weiß das Murmeltier aber nicht.«

»Können die uns Menschen denn nicht verstehen?«

»Wir verstehen uns ja nicht mal selber.« Rea sah eine rote Bank am Wegrand. »Schau mal, da ist eine Bank! Wer möchte Rast machen?«

»Ich!« Luisa stürzte auf die rote Bank zu, setzte sich darauf und ließ die Beine baumeln. »Und was gibt es zu essen?«

»Keine Ahnung. Mal schauen, was ich eingepackt habe.« Leta legte den Rucksack ab und kramte darin herum. Zuerst kam ein Apfel zum Vorschein. »Wer möchte einen Apfel?«

»Was hast du sonst noch?«, wollte Luisa wissen.

»Einen Apfel zum ersten, zum zweiten …« Leta hielt die Frucht in die Höhe.

»Ich nehme ihn«, sagte Rea.

»Und dann haben wir da noch eine … Banane.«

»Die nehme ich.« Luisa griff nach dem Obst.

»Und noch einen Apfel.«

Sie saßen kauend zu dritt auf der Bank. Rea blickte
 ins Tal. Alles sah so friedlich aus. Weiter unten weideten ein paar Kühe. In der Talsohle glitzerte die Clozza.

Rea dachte an Bott und seinen Besuch. Sie hatte

Leta auf der Wanderung davon erzählt, als Luisa außer Hörweite war. Leta hatte sich furchtbar aufgeregt und gefunden, Rea müsse Bott anzeigen. Das sei Hausfriedensbruch. Außerdem habe er sie bedroht. Doch Rea hatte keine Lust, nochmals zu diesem Caviezel zu gehen. Offenbar hatte er nichts über Bott herausgefunden, selbst wenn er ihn auch verdächtigte. Sonst wäre Bott nicht mehr auf freiem Fuß.

Luisa legte sich auf den Rücken und bettete den Kopf auf Reas Schoss. Leta lehnte an ihrer Schulter. Wie eine kleine Familie, dachte Rea. Sie blickte in die Weite, und gleichzeitig wurde es ihr ganz eng. Sie wusste nicht, was sie für Leta empfand. Ob sie sich mehr zu ihr hingezogen fühlte als zu einer Freundin. Was, wenn Leta sich für sie interessierte? Sie hatte keine Ahnung, was sie antworten würde. Schließlich war die Nacht mit Mario sehr schön gewesen. Doch vielleicht bildete sie sich das alles nur ein. Plötzlich wurde es ihr unwohl.

Wie wenn es Leta gemerkt hätte, hob sie den Kopf von Reas Schulter. »Ist das nicht …?«

Luisa richtete sich auf und schaute ebenfalls talwärts. »Das ist Mario!« Sie sprang auf und lief den Berg hinunter.

Nun sah ihn Rea auch. Er kam vom Tal her über die Wiese den Berg heraufgestiegen. Weiter unten in ein paar Hundert Metern Entfernung waren noch weitere zwei Personen unterwegs. Verfolgten die ihn etwa? Mario lief hinkend den Berg herauf. Die anderen holten ihn ein. Jetzt war er nur noch etwa hundert Meter von der Bank entfernt.

»Luisa, komm zurück!«

Doch Luisa rannte den Berg hinunter zwischen den Steinblöcken hindurch auf Mario zu. Rea lief ihr hinterher, blieb mit dem Schuh an einem Stein hängen, stolperte, fing sich wieder auf.

»Luisa, bleib stehen!«

Luisa hielt kurz inne, schaute sich nach Rea um, dann rannte sie weiter.

Mario kam weiter auf sie zu. Jetzt konnte Rea sein Gesicht sehen, es war verzerrt, die Haare durchnässt von Schweiß. Er hinkte stark. An seinem Bein klaffte eine Wunde, der Stoff war mit Blut getränkt.

Sie holte Luisa ein und hielt sie an beiden Armen fest. Sie waren nur noch ein paar Meter von Mario entfernt.

Die Kleine wehrte sich. »Ich will zu Mario. Mario!«

»Bleib stehen!«, rief einer der beiden Männer, sie waren nur noch wenige Schritte hinter Mario. Erst jetzt erkannte Rea sie. Der eine war Robert, der Bruder von Andri Bott, der andere Mann arbeitete bei ihm in der Schreinerei. Robert hatte ein Gewehr, das er auf Mario richtete.

»Geht wieder nach oben«, befahl Robert Bott, doch Rea blieb wie versteinert stehen. Luisa hatte sich umgedreht, sie klammerte sich an Reas Bein fest und verbarg ihr Gesicht.

Robert setzte zum Schuss an. Mario blieb stehen, hielt beide Hände in die Höhe.

Rea hatte ihn noch nie so gesehen. Sein Gesicht war vor lauter Schreck ganz verzerrt, seine Wangenknochen eingefallen. »Seid ihr nicht ganz bei Trost?«, rief sie den beiden zu. »Ihr macht Jagd auf Menschen.«

Luisa klammerte sich noch fester an Rea und begann zu weinen.

»Die Jagdsaison ist vorbei.« Hinter ihr stand Leta. »Lasst den Mann in Ruhe.« Sie ging ganz ruhig auf Robert zu. Packte den Lauf des Gewehrs und richtete ihn auf den Boden. Robert Botts Augen funkelten. Sein Begleiter riss sich den Hut vom Kopf und warf ihn in die Wiese.

»Ihr kehrt jetzt um, und geht brav nach Hause.«

»Wieso machen die das?« Luisa blickte mit verweintem Gesicht zu Rea hoch. Rea strich ihr über die Haare und zuckte mit den Schultern.

»Das könnte dir so passen. Wir nehmen den Mario mit und überführen ihn der Polizei. Die haben wir bereits angerufen.«

In diesem Moment fuhr unten im Tal ein Auto mit Blaulicht vor und hielt in der Nähe des Flusses.

»Da kommen sie ja schon.« Er riss Leta den Lauf aus der Hand und nahm das Gewehr an sich.

Leta ging zu Mario hin. »Komm, stütz dich auf mich, kannst du gehen?« Sie machten ein paar Schritte den Berg hoch.

Robert richtete das Gewehr auf sie.

Da machte Mario sich von ihr los. »Danke, Leta, aber das hat doch keinen Sinn mehr. Ich stelle mich, auch wenn ich es nicht war. Ich habe genug vom Wegrennen.«

»Er war es nicht«, sagte Robert. »Dass ich nicht lache.«

Luisa rannte zu Mario. »Sie dürfen dich nicht mitnehmen. Das dürfen sie nicht.«

Rea stürzte ihr hinterher. Am liebsten hätte sie Mario in den Arm genommen. Aber der Gedanke daran, dass Leta auch hier war, hielt sie zurück. Sie legte ihm die Hand auf die Schulter.

Mario lächelte Rea an und strich Luisa über die Wange. »Ist schon gut, Luisa. Ich komme ja wieder.« Er griff nach Reas Hand und hielt sie fest.

Inzwischen hatten die beiden Polizisten die Gruppe erreicht. Sie trugen dunkelblaue Uniformen. Der eine sprach etwas in sein Funkgerät.

»Wer hat hier geschossen?«, fragte der Erste völlig außer Atem, als sie bei der Gruppe ankamen.

»Das war ich«, entgegnete Robert Bott stolz.

Der Polizist nahm ihm das Gewehr aus der Hand, gab es seinem Kollegen. »Umdrehen und Hände auf den Rücken«, sagte er zu Robert. Dann legte er ihm Handschellen an.

Erst jetzt realisierte Robert, was geschehen war. »Aber Sie haben den Falschen. Der da«, er deutete auf Mario, »hat Florineth umgebracht.« Hilfe suchend blickte er zu seinem Begleiter, doch der stand nur stumm da.

Rea drückte Marios Hand fester.

»Haben Sie geschossen oder nicht?«, fragte der Polizist Robert.

»Ja, aber …«

»Kommen Sie mit.« Der zweite Polizist stieß ihn vor sich den Berg hinunter.

»Und was ist mit dem da?« Robert deutete mit dem Kinn auf Mario.

»Der läuft uns nicht mehr davon. – Können Sie gehen?«, fragte er an Mario gewandt.

»Bis unten geht es schon noch.« Mario ließ Reas Hand los. Sie wandte sich zu Luisa und hielt sie an den Schultern fest.

»Gut, dann kommen Sie.«

Die Männer stiegen langsam den Hang hinunter. Vorne der eine Polizist mit Robert Bott, dahinter Mario und der zweite Polizist. Der Mitarbeiter von Robert trottete hinter ihnen her.

»Mario!«, rief Luisa.

Mario drehte sich um und winkte ihr zu. »Ich komme bald wieder!«

Luisa begann zu weinen. Rea nahm sie bei der Hand. »Komm, Luisa, wir gehen wieder zu unserem Zvieri.«

»Aber Mario …«

»Der kommt bestimmt bald wieder.«

»Bestimmt?«

»Bestimmt.« Reas Stimme hörte sich hohl an. Doch konnte sie ihrem Kind nicht die Wahrheit sagen. Dass sie nicht wusste, ob Mario wiederkommen werde und ob sie ihm den Mord an Florineth anhängen würden.

Sie saßen noch eine ganze Weile auf der Bank und beobachteten, wie die Männer immer kleiner wurden. Bis es nur noch kleine Punkte waren, die sich ins Tal bewegten, sich dem Auto näherten, einstiegen und aus dem Tal fuhren.

»Aber du bleibst hier«, sagte Luisa zu Leta und drückte sich ganz fest an sie. »Kann ich wieder zu dir kommen? Ich möchte nicht mehr zu Madlaina gehen.«

Leta schaute Rea fragend an.

Die nickte. »Ab Mitte der Woche kannst du wieder zu Leta gehen.«

»Aber wieso nicht gleich?«

»Ich muss vorher noch mit Madlaina reden. Das wäre nicht nett, einfach nicht mehr hinzugehen. Ich war so froh, dass sie auf dich aufgepasst hat. Jetzt möchte ich sie nicht verärgern.«

»Aber danach!«

»Ja, danach kannst du wieder zu Leta gehen.«

Es war bereits halb sechs. Rea musste sich beeilen, hätte schon längst bei Madlaina sein sollen. Sie zog die Warnweste aus und warf sie auf den hinteren Sitz. Dann stieg sie in den Subaru und fuhr nach Zuort hinunter.

Sie musste an Mario denken. Inzwischen hatten sie ihn sicher nach Chur gebracht und in eine enge Zelle gesteckt. Er, der so gerne draußen war, der die Freiheit liebte. Wie ein gefangenes Tier stellte sie sich ihn vor. Wie er ans Fenster der Zelle trat und vergeblich den Himmel suchte.

Bei der großen Kurve hätte sie beinahe einen Hasen überfahren. Seine Augen leuchteten wie Lampen im Scheinwerferlicht. Er blieb einfach auf der Straße sitzen. Sie machte eine Vollbremsung. Der Hase hoppelte unversehrt davon.

In Zuort bog Rea rechts ab und fuhr zu Madlainas Haus hoch. Es war ungewöhnlich dunkel. Nur die Eingangslampe brannte. Rea parkte den Wagen und stieg aus. Sie läutete mit der Kuhglocke, doch niemand erschien. Sie ging um das Haus herum. Alles war dunkel.

Rea kramte ihr Handy hervor und wählte Madlainas Nummer. Doch es kam nur die Ansage, dass der Teilnehmer nicht zu erreichen sei. Seltsam. Madlaina hatte nicht gesagt, dass sie am Nachmittag weggehen würden. Aber vielleicht hatte sie nicht mehr warten wollen und Luisa selbst nach Hause gebracht.

Rea fuhr zurück ins Dorf zu ihrer Wohnung. Doch auch hier war niemand. Vielleicht wusste Leta etwas. Sie rief sie an, doch sie hatte von Madlaina nichts gehört und auch nichts gesehen. Rea fuhr zum Haus der Florineths zurück. Die Haustüre stand offen, doch weder Madlaina noch Luisa waren irgendwo zu sehen oder zu hören.

Rea trat ein, suchte vergeblich nach dem Lichtschalter. Vorsichtig tappte sie in die Stube. Doch niemand war da. Sie ging den Gang entlang, an Diana vorbei, die Treppe hoch. Die Stufen knarrten unter ihren Füßen. Aber da war noch ein anderes Geräusch. In der Mitte der Treppe blieb sie stehen.

»Luisa! Bist du da?«

Niemand antwortete. Dann wieder ein Rascheln und Schritte. Vorsichtig nahm Rea die letzten Stufen. Die Tür zu dem Zimmer, aus dem die Geräusche kamen, stand halb offen. Sie hielt inne. Hörte nur noch ihren eigenen Atem und das Blut in den Ohren rauschen.

Sie stieß die Türe auf und schaute sich im Raum um. Es musste das Schlafzimmer von Madlaina sein. Die weiße Bettdecke war glatt gezogen, das Kissen hatte in der Mitte einen Knick. Nicht ein einziges Kleidungsstück war zu sehen. Vor dem Fenster blühten die Geranien. Auf einer Truhe stand auf einem gehäkelten Deckchen eine Vase mit Wiesenblumen. Daneben lagen ein paar Zeichnungen. Rea trat näher heran. Auf allen waren weiße Gämsen zu sehen.

Da schepperte etwas zu Boden. Es musste im Raum nebenan sein. Rea schlich aus dem Zimmer hinaus. Auch die danebenliegende Türe war nur angelehnt. Sie stieß sie auf. Da stand jemand im Dunkeln gebückt über einer offenen Schublade und wühlte darin herum. *Madlaina*, wollte Rea schon fast sagen. Doch die Person trug ein weißes Oberteil, das vom spärlichen Licht erhellt wurde. Mit großen Augen blickte die Gestalt auf, als sie Rea sah. Es war Martin. Rea spürte, wie ihre Knie weich wurden …

Rea kocht für Martin. Ossobuco, sein Lieblingsessen. Luisa schläft nebenan. Es ist bereits halb neun. Sie haben sich für acht Uhr verabredet. Sie ruft ihn auf dem Handy an. Doch er nimmt nicht ab. Eine Stunde später läutet es an der Tür. Martin hält sich mit einer Hand am Türrahmen fest. Er ist betrunken.

Sie möchte ihn nicht hereinlassen. Doch sie kann ihn nicht zurückhalten.

»Ich möchte meine Tochter sehen«, sagt er und schwankt in die Wohnung. Rea stellt sich vor die Kinderzimmertür. Sie möchte ihn nicht so zu Luisa lassen.

Er versucht sie zur Seite zu stoßen, verliert das Gleichgewicht, fällt auf den Boden.

Er beginnt zu weinen.

»Was ist denn passiert?«, will sie wissen.

»Es ist der Job«, sagt er. »Ich kann da nicht arbeiten.«

»Aber wieso denn?«

»Immer diese Rückenschmerzen. Das macht mich fertig.«

Sie nimmt ihn in den Arm, wiegt ihn hin und her.

Auf einmal rappelt er sich auf. »Lass mich los!« Er wankt zur Türe hinaus, ohne sich zu verabschieden.

Danach hört Rea lange nichts mehr von ihm.

»Ich bin im Ausland gewesen«, sagt er zwei Jahre später. »Ich möchte Luisa für ein Wochenende zu mir nehmen.«

»Und wie stellst du dir das vor?«, fragt Rea. »Jahrelang bleibst du weg, und dann willst du von heute auf morgen deine Tochter sehen. Das kannst du vergessen.«

»Wenn du sie mir nicht gibst, dann nehme ich sie mir«, antwortet er.

Rea zieht um. Ihre Adresse hält sie geheim. Nach ein paar Monaten hat Martin sie ausfindig gemacht.

Er entschuldigt sich. Er habe überreagiert. Er wolle einfach nur etwas Zeit mit seiner Tochter verbringen. Sie willigt ein, weil Luisa immer nach ihrem Vater fragt. Luisa verbringt ein Wochenende mit Martin. Als er um vier nicht wie abgemacht auf dem Spielplatz ist, um Luisa zurückzubringen, alarmiert Rea die Polizei. Er wartet mit Luisa bei ihr vor der Haustür. Er sei sicher, dass sie hier abgemacht hätten. Von da an will sie ihm Luisa nicht mehr geben. Er droht, Luisa zu entführen.

Einmal kommt Rea etwas zu spät in die Krippe wegen der Arbeit. Luisa ist nicht mehr da. Sie wurde schon abgeholt.

»Ich habe Ihnen doch gesagt, dass Sie Luisa niemandem mitgeben dürfen«, herrscht Rea die Krippenleiterin an.

Der Mann habe gesagt, er sei der Vater, erwidert diese völlig gelassen. Er habe ihr sogar seinen Ausweis gezeigt und einen ganz vernünftigen Eindruck gemacht. Am Abend bringt Martin Luisa zu Rea zurück.

Rea beschließt, die Stadt zu verlassen. Wegzuziehen. Weit weg. Dann sieht sie im *Zürcher Wald* ein Inserat. In Zuort wird eine Försterin gesucht …

»Was machst du denn da?«, stammelte Rea.

»Wo ist sie? Wo hast du sie versteckt?« Martin trat auf sie zu. Er griff sie an den Oberarmen, schüttelte sie. Ihre Arme und Beine gehorchten ihr nicht mehr. Alles hing schlaff herunter. Sie fühlte sich wie eine Puppe, die in sich zusammenfällt.

»Wo ist sie?«, fragte er nochmals.

»Wer?«

»Na, wer schon? Luisa.« Er gab Rea einen Stoß, so fest, dass sie fast rückwärts die Treppe hinuntergefallen wäre.

Sie rappelte sich mühsam wieder hoch. »Ich weiß es nicht.«

»Du weißt nicht, wo deine Tochter ist? Was bist du nur für eine Mutter?« Er packte sie an den Oberarmen und drückte sie an die Wand. Rea glitt zu Boden. Er kauerte sich vor sie hin und schüttelte sie. »Du sagst mir jetzt wo sie ist, sonst …«

Rea dachte an die Clozza, das kalte Wasser, die Atemnot. Sie ballte die Hände zu Fäusten, riss ihre Arme nach oben. Er kippte weg, griff hinter sich ins Leere. Rücklings fiel er die Treppe hinunter, überschlug sich einmal und blieb unten reglos liegen.

Rea wartete eine Weile, um sicher zu sein, dass Martin sich nicht mehr bewegte. Vorsichtig tappte sie nach unten, wie wenn sie ihn durch ihre zögerlichen Schritte aufwecken könnte. Er lag auf der Seite, die Beine ausgestreckt, der Kopf direkt unter Diana, die auf ihn herunterstarrte. Oder kam das Rea nur so vor? Mit der Hand berührte sie leicht seine Schulter. Sein Kopf bewegte sich vor und wieder zurück. Er war bewusstlos.

Plötzlich läutete die Kuhglocke. Rea blieb wie erstarrt stehen. Jemand öffnete die Eingangstür. Schritte näherten sich. Rea schaute zur Treppe hoch. Bis oben würde sie es nicht schaffen, dazu brauchte sie zu lange. Sie suchte nach einem Versteck im Gang. An der Wand konnte Rea die Umrisse einer Truhe erkennen. Auf der anderen Seite hingen Mäntel an der Garderobe. Sie wählte die Truhe und duckte sich.

Da erschien in der Dunkelheit auf einmal ein Rohr vor ihren Augen. Sie versuchte zu erkennen, was es war, kniff die Augen zusammen und blickte direkt in einen Gewehrlauf.

Sie versuchte sich noch mehr zu ducken, fiel noch

mehr in sich zusammen. Doch der Lauf kam immer näher, bis er fast ihre Nasenspitze berührte.

Rea blickte langsam auf. Sie konnte die Gestalt nicht auf Anhieb erkennen. Sie war dunkel gekleidet. Doch etwas stieg ihr in die Nase. Der Geruch von Leder. Letas Lederjacke!

»Ach, du bist es«, sagte Leta in diesem Moment. Sie klang verwirrt.

»Wen hast du denn erwartet?«

Leta schaute auf die bewusstlose Gestalt auf dem Boden. »Ist das Martin?«

Rea nickte.

»Und was macht er hier?«

»Ich hatte schon die ganze Zeit das Gefühl, dass er uns beobachtet. Ich nehme an, er wollte Luisa entführen.«

»Und wo ist Luisa jetzt?«

»Sie ist wie vom Erdboden verschwunden. Madlaina auch. – Aber was machst du eigentlich hier?«

»Ich war eben im Laden, und da habe ich gehört, wie ein Mann nach Madlaina und Luisa gefragt hat. Das kam mir irgendwie seltsam vor. Vor allem nach deinem Anruf. Da habe ich mein Gewehr gepackt und bin direkt hierhergefahren.«

Martin gab einen stöhnenden Laut von sich.

»Und was machen wir jetzt mit ihm?«, fragte Leta.

»Lass ihn gehen. Lass ihn einfach gehen. Ich möchte ihn nicht mehr sehen«, antwortete Rea.

Martin griff sich an den Kopf, dann setzte er sich auf.

Leta richtete das Gewehr auf ihn. »Du haust jetzt so schnell wie möglich ab, ist das klar?«

Er versuchte aufzustehen. »Aua, mein Kopf.«

»Das ist mir ziemlich egal mit deinem Kopf. Du verreist jetzt, und zwar schnell.« Sie deutete mit dem Gewehrlauf zum Eingang. »Na, wird's bald.«

Er kroch zuerst auf allen vieren, dann hangelte er sich an einem Stuhl nach oben und schwankte aus dem Haus.

»Hast du herausgefunden, wo Luisa und Madlaina sein könnten?«

»Nein, da war nichts. Außer ein paar Zeichnungen in Madlainas Schlafzimmer ist alles penibel aufgeräumt.«

»Was für Zeichnungen?«

»Von Luisa.«

»Zeigst du mir die mal?« Leta bemerkte die ausgestopfte Diana erst jetzt. »Das ist ja schräg.« Sie ging auf den Tierkopf zu und strich über die Stirn der Gämse. »Florineth hat die weiße Gämse, die er geschossen hat, ausstopfen lassen? Wie krank ist das denn? Wenn das nicht doppelt Unglück bringt.«

»Nun hör schon auf damit, die Zeichnungen sind oben.« Rea stand bereits auf der Treppe und winkte sie zu sich. Leta folgte ihr in den oberen Stock.

»Aber das sind ja alles Geißen.« Leta schaute die Zeichnungen durch.

»Nein, das sind Gämsen.«

»Luisa hat weiße Gämsen gemalt?«

Rea nickte.

»Und was ist das dahinten?«, fragte Leta.

Rea betrachtete das Bild. Es sah aus wie eine kleine Hütte mit einer Schweizerfahne. Eine Jagdhütte vielleicht. Dahinter sah man einen Berg mit einem flachen Gipfel.

»Ich habe diese Hütte schon irgendwo gesehen«, sagte Leta. »Das dahinten, das ist doch der Pizzet, nicht? Genau, das ist die Hütte vom alten Pitschen mit der Schweizerfahne. Die steht schon seit Jahren leer. Meinst du, dass Madlaina mit Luisa dahin gefahren ist? Anscheinend war Luisa ja schon mal mit Madlaina in der Hütte.«

»Aber dann hätte sich Madlaina doch gemeldet.«

»Vielleicht hat sie keinen Handyempfang.«

»Stimmt, das könnte sein. Daran habe ich gar nicht gedacht.«

»Aber hat nicht Bott auch eine Schweizerfahne an seiner Hütte?«, fragte Leta. »Und das dahinten könnte auch der Piz Staila sein. Wir wissen ja nicht, wie genau Luisa den Berg gezeichnet hat.«

»Glaubst du, dass Bott Luisa entführt hat? Und was ist mit Madlaina?« Rea kamen die Tränen. Sie sah Luisa und Madlaina in einer Hütte sitzen, auf einem Stuhl festgebunden, den Mund mit Klebeband zugeklebt.

»Die wahrscheinlich auch.«

Rea ließ die Zeichnung sinken.

»Okay. Dann fahren wir zuerst bei Bott zu Hause vorbei. Und wenn er nicht da ist, gehen wir in seine Hütte. Danach können wir immer noch in die Hütte vom Pitschen gehen.«

15

Der Mond stand hoch am Himmel und tauchte die Landschaft in bläuliches Licht. Unzählige Sterne waren zu sehen, und je länger Rea hochschaute, desto mehr Lichtpunkte erschienen. Sie hatten das Auto an der letzten Kurve geparkt. Dunkle Tannen markierten das Ende des Weges. Den Rest mussten sie zu Fuß gehen.

Der Weg führte zuerst über eine Wiese. Ein kleiner Bach mäanderte ins Tal. Der Mondschein ließ das Wasser glitzern. Dann ging es weiter durch den Wald, immer steil den Berg hinauf.

Bott war wie erwartet nicht zu Hause gewesen. Auch sein Auto war nicht zu sehen. Sie hatten eine Weile gewartet, waren ein paarmal ums Haus herumgelaufen. Dann hatten sie sich entschieden, zu seiner Hütte zu fahren.

»Bist du sicher, dass wir auf dem richtigen Weg sind?«, fragte Rea Leta nach ungefähr einer Stunde. Sie standen nebeneinander an einer Felskante und blickten ins Tal. Eine kleine Wolke hatte sich vor den Mond geschoben.

»Eigentlich müsste die Hütte hier sein. Ich war schon mal da, aber das ist auch schon eine Weile her. Vielleicht habe ich mich geirrt. Tut mir leid.«

Rea senkte den Kopf. Sie würden Luisa nicht finden. Was hätte sie darum gegeben, jetzt bei ihr sein zu können. Sicher hatte Luisa Angst an einem fremden Ort, mit fremden Leuten … Sie wollte es sich gar nicht vorstellen.

»Nun komm schon.« Leta strich mit dem Handrücken über Reas Wange. »Nicht aufgeben. Wir finden Luisa, ich verspreche es dir.«

Rea schaute in Letas dunkle Augen. Ihre Gesichter kamen einander näher. Sie küssten sich.

»Jetzt kommt es mir wieder in den Sinn.« Leta beendete den Kuss und zog den Kopf zurück. »Wir hätten da unten rechts abbiegen sollen.«

Rea musste lachen. War der Kuss Leta peinlich? Die Ablenkung war ihr auf jeden Fall gelungen.

Sie liefen den Weg wieder zurück und nahmen die andere Abzweigung. Nach ein paar Hundert Metern standen sie vor der Hütte, die vollkommen im Dunklen lag. Leta suchte nach dem Schlüssel, fand aber keinen. Die Fensterläden waren geschlossen, kein Licht drang durch die Ritzen. Sie klopften an die Tür und riefen, nichts rührte sich.

Rea kauerte sich hin, ihre Beine trugen sie nicht mehr. Wieder hatte sich eine Hoffnung in Nichts aufgelöst. Tränen liefen ihr die Wangen hinunter und tropften auf den Waldboden.

Leta setzte sich zu ihr und legte ihr den Arm um die Schulter. Sie zog sie zu sich und hielt sie fest. Eine ganze Weile saßen sie so da und sprachen kein Wort.

Die Hütte vom alten Pitschen war besser erreichbar. Schon von Weitem sahen sie, dass Licht brannte. Madlainas Wagen war davor parkiert.

Leta verlangsamte den Wagen und hielt an.

»Wieso fährst du nicht vor die Hütte?«, fragte Rea.

»Wir haben keine Ahnung, was uns in der Hütte erwartet. Wir schleichen uns lieber an. Du gehst von vorne rein, ich komme von hinten.« Leta stieg aus dem Wagen, ging nach hinten, öffnete den Kofferraum und nahm das Gewehr heraus.

Rea schlich gebückt auf die Hütte zu. Die Gardinen waren zugezogen, die Fenster warfen helle Muster auf die Wiese. Sie schlich zur Tür, drückte ihr Ohr daran und versuchte zu hören, was innen vor sich ging. Sie hörte Luisas Stimme, wie sie etwas erzählte, vor sich hin plapperte, wie sie es so oft tat.

Wenn Luisa so sprach, dann musste es ihr gut gehen. Rea atmete auf und wollte gerade von der Tür wegtreten, als diese aufgerissen wurde. Madlaina stand vor ihr und richtete ein Gewehr auf sie. Ihre Augen funkelten.

»Was machst du hier?«

»Ich möchte zu meiner Tochter.«

»Du hast hier nichts zu suchen.«

»Luisa, bist du da, Luisa?« Rea trat einen Schritt zur Seite, weil Madlaina ihr die Sicht versperrte. Da sah sie Luisa in einem Sessel sitzen, auf dem Schoß Giacumin. Luisa erblickte Rea ebenfalls und wollte aufspringen, da herrschte Madlaina sie an. »Bleib sitzen, oder es passiert deiner Mama etwas.«

»Schrei meine Tochter nicht so an!« Wo Leta nur

blieb? Sie musste sie irgendwie warnen, damit sie Madlaina nicht auch noch in die Falle ging.

»Das ist nicht deine Tochter, das ist meine.« Madlaina war kaum wiederzuerkennen. Die Milde, die sie sonst ausstrahlte, war aus ihrem Gesicht gewichen. Der Mund nur ein Strich, die Backen ungewöhnlich rot. Die Haare standen ihr zerzaust vom Kopf ab. Sie richtete den Lauf des Gewehrs auf Rea.

»Bitte, Madlaina, lass uns in Ruhe darüber sprechen.« Rea berührte mit dem Zeigefinger den Lauf und drückte ihn sachte nach unten, genauso, wie es Leta bei Robert Bott getan hatte.

»Da gibt es nichts zu besprechen, Luisa gehört mir.« Madlaina riss das Gewehr wieder hoch und fuchtelte damit herum.

»Okay, ist ja gut.« Rea fragte sich, warum Leta sich nicht zeigte. »Ich nehme sie dir nicht weg. Aber gib mir das Gewehr, das brauchst du nicht.«

Luisa sah Rea erschreckt an. Sie saß immer noch im Sessel und drückte Giacumin an sich.

»Das würde dir so passen«, schrie Madlaina. »Du nimmst mir meine Luisa nicht weg.«

Rea wusste nicht, wie sie die Frau besänftigen konnte. Offenbar glaubte sie wirklich, Luisa sei ihr Kind. Sie musste völlig durchgedreht sein. Rea hatte keine Ahnung, wie man mit so jemandem umging.

»Ich tue dir nichts.« Sie streckte Madlaina die offenen Hände hin und setzte sich langsam auf die Türschwelle.

Madlaina zuckte mit dem einen Auge, dann trat sie ein paar Schritte zurück in die Hütte hinein.

»Mama, was soll das? Madlaina ist so …«

»Schweig«, schrie Madlaina sie an.

Luisa begann zu weinen.

»Sch, ist schon gut«, sagte Rea leise. »Komm Madlaina, setz dich hin, und lass uns darüber reden.« Rea deutete auf einen Stuhl, den sie vom Eingang her sah. Madlaina blickte zum Stuhl, dann wieder zu Rea. Schließlich setzte sie sich. Das Gewehr hielt sie immer noch im Anschlag.

»Was ist denn passiert?«, fragte Rea. Solange Madlaina sprach, schoss sie nicht. Das hoffte Rea jedenfalls.

»Die weißen Gämsen sind weg. Zurück bleibt nur eine Steinwüste«, sagte Madlaina, ohne aufzublicken.

»Hat dir jemand wehgetan?«

»Nur noch Fels und Geröll. Er hätte diese Gämse nicht schießen sollen. Das war ein Fehler.«

»Du meinst Remo?«

»Das geht dich nichts an.«

»Hat er dir wehgetan?«

»Dieser Dreckskerl.« Madlaina ließ das Gewehr etwas sinken. »Ich wollte doch immer ein Kind.« Sie schaute wehmütig zu Luisa.

»Und er wollte keine Kinder?«

»Jedenfalls nicht mit mir. Und dann hat er mit dieser Kunfermann eines gemacht.« Das Gewehr lag nun auf Madlainas Knien.

»Die Kunfermann war schwanger? Von Florineth?« Rea versuchte langsam, sich zu erheben. Da sprang Madlaina auf. Sie deutete ihr mit dem Gewehr, sich wieder auf den Boden zu setzen.

»Und du hast ihn …?«

»Er hat es nicht besser verdient. Und sie auch nicht.«

»Dann war es gar kein Unfall. Du hast Corina Kunfermann vom Felsen gestoßen.« Sie dachte nach. »Und ich habe dich gesehen. Du hast etwas Weißes getragen.« Sie blickte sich im Raum um. »Wie diesen Mantel da.« Sie deutete auf die Garderobe. Dort hing ein schneeweißer Mantel, den Rea noch nie zuvor an Madlaina gesehen hatte. »Du hast zwei Menschen umgebracht.«

»Genau. Und da kommt es auf einen mehr nicht an.« Madlaina trat einen Schritt auf Rea zu und zielte. Luisa verkroch sich hinter dem Sessel und wimmerte.

»Ist schon gut, mein Kleines. Sie tut mir nichts.«

Auf einmal gab es einen Knall. Hinten in der Hütte wurde eine Tür aufgerissen. Leta machte einen großen Satz und hechtete auf Madlaina. Diese wich zur Seite, sodass Leta auf den Boden donnerte. Sie richtete das Gewehr auf Leta, die auf dem Rücken lag. Leta hob ein Bein und versuchte, ihr die Waffe aus der Hand zu schlagen. Madlaina taumelte zur Seite, das Gewehr immer noch in der Hand, Leta stieß ihr den Fuß zwischen die Beine und brachte sie damit zu Fall. Sie stürzte sich auf Madlaina, hielt mit den Knien ihre Arme fest und riss ihr das Gewehr aus den Händen. Sie stand auf. Madlaina blieb reglos auf dem Boden liegen.

Luisa hatte wieder zu weinen begonnen. Rea sprang auf und nahm ihre Tochter auf den Arm. Sie strich ihr die Haare aus dem Gesicht und fuhr ihr über den Kopf. »Ist ja gut. Jetzt ist alles gut.«

16

Rea und Leta saßen auf dem Sofa, tranken Tee und aßen Biskuits, die Leta mitgebracht hatte. Luisa spielte etwas abseits mit Giacumin.

Rea betrachtete Leta – wie sie sprach und gestikulierte, wie sich Lachfalten um ihre Augen bildeten.

»Madlaina hat ihren Mann also nur umgebracht, weil er sie nicht geschwängert hat«, sagte Rea und schob ein Biskuit in den Mund.

»Sie wollte offenbar ein Kind und er nicht. Und dann wurde die Kunfermann von ihm schwanger. Das war anscheinend zu viel für die gute Madlaina.«

»Und wieso hat sie ihn mit Marios Gewehr umgebracht?«

»Vielleicht wollte sie sich an Mario rächen.« Leta dachte nach. »Aber wieso?«

Rea hielt mit Kauen inne. »Vielleicht …« Sie schluckte den Biskuit hinunter.

»Vielleicht was?«

»Letztes Jahr beim Dorffest, da haben Mario und ich doch …«

»Aber was hat das mit Madlaina zu tun?«, frage Leta schroff.

»Madlaina hat doch mit Mario ein Verhältnis gehabt, und dann bändelt er mit mir an. Das hat sie sicher verletzt. Und so konnte sie ihm eins auswischen.«

»Zwei Fliegen auf einen Schlag, sozusagen.« Leta nickte.

»Und was hat Bott mit dem Ganzen zu tun?«, fragte Rea.

Leta zuckt mit den Schultern. »Ich denke, gar nichts. Außer, dass er dafür verantwortlich ist, dass es kein Wasser mehr auf den Alpen gibt.«

»Und das nennst du nichts? Wo sollen die jetzt ihr Wasser hernehmen? Etwa literweise in Swater-Flaschen auf die Alpen hinaufkarren? Oder gar mit dem Heli bringen? Das ist ja wie in den USA, wo ein Lebensmittelgigant den Leuten ihr eigenes Quellwasser in Flaschen verkauft, das sie genauso gut aus der Leitung trinken könnten.«

»Du hast natürlich recht«, sagte Leta. »Die Frage ist, ob man ihn deshalb zur Rechenschaft ziehen kann. Wohl eher nicht.«

»Bleibt nur noch der Journalist, dieser Simon Peter.«

»Meinst du, den hat die Kunfermann auf dem Gewissen?«

»Keine Ahnung. Vielleicht findet ja die Polizei noch etwas heraus.«

»Ich bin jedenfalls froh, dass es vorbei ist.« Leta legte ihre Arme um Rea und schaute ihr tief in die Augen. »Ich wollte dich schon lange etwas fragen, Rea.«

»Was denn?«

In diesem Moment läutete es an der Tür. Leta und

Rea blickten einander an. Luisa war immer noch mit Giacumin beschäftigt.

»Erwartest du jemanden?«

»Nein.« Rea stand auf und ging in den Gang.

Sie öffnete die Wohnungstüre. Mario stand vor ihr. Auf dem Arm hielt er ein weißes Zicklein. Er trug ein gebügeltes Hemd und war frisch rasiert und gekämmt. »Ich habe etwas abzugeben. Ist Luisa da?«

Er stellte das Tier auf den Boden. Es lief meckernd den Gang entlang.

»Eine Ziege in der Wohnung? Wie stellst du dir das vor?«, fragte sie an Mario gewandt. Sie sah bereits Strohballen und Ziegenkot in der Stube herumliegen.

»Nein, natürlich nicht. Sie hat einen Stall, und Luisa kann sie jederzeit besuchen.«

»Mario, ich danke dir.« Rea umarmte ihn und hielt ihn fest.

»Was ist denn hier los?« Plötzlich stand Leta neben ihnen. Ihr Mund stand offen.

Rea ließ von Mario ab. »A-aber komm doch herein«, stotterte sie.

Das Zicklein war bereits im Wohnzimmer und beschnupperte das Sofa, dann lief es schnurstracks auf Luisa zu. Sie umarmte das Tier und streichelte es am Hals.

»Eine weiße Gämse!«, rief sie entzückt. »Hat sie denn schon einen Namen?« Sie stürzte sich auf Mario.

Er strich ihr über den Kopf. »Nein, noch nicht. Den kannst du ihr geben.«

»Diana. Sie muss Diana heißen!«

Rea sah die beiden an und lächelte. Ein Vater für Luisa wäre nicht schlecht. Doch dann würde sie Leta als Geliebte und Freundin verlieren. Diese Freundschaft wollte sie nicht aufs Spiel setzen.

Sie wusste nicht, was sie machen sollte. Aber eines wusste Rea. Sie musste sich entscheiden.

Epilog

Er stieg ins Tal hinunter. Die Sonne war bereits hinter den Bergen verschwunden. Er stellte sich auf die Hinterbeine, hielt die Nase in die Höhe und schnupperte. Das roch nach etwas Essbarem. Der Bär, der schon bald M17 heißen würde, trottete zur Mülltonne und kippte sie mit einem einzigen Schlag um.

Dank

Die Autorin dankt dem Kuratorium des Kantons Solothurn und der Goethe-Stiftung für Kunst und Wissenschaft, Zürich, für die großzügige Unterstützung.

Weiterer Dank an

Iris Castelberg; Nina Gansner-Hemmi; Claudio Hässig; Robert Giacometti; Max Maurer, Eawag Dübendorf; Stephan Coray, Amt für Natur und Umwelt Graubünden; Georg Brosi, Amt für Jagd und Fischerei Graubünden; Judith Hödl, Stadtpolizei Zürich; Michael J. Thali, Institut für Rechtsmedizin, Universität Zürich

SABINA ALTERMATT
BERG
WASSER
KRIMINALROMAN
PIPER